诵读最美古诗词

—— 浩瑜为您读诗词

"我们爱朗读"系列丛书

王浩瑜 编著·朗读

中国传媒大学出版社
·北京·

序言一

  播音主持这行里的确有不少"中国好声音"。在我们读大学时，浩瑜就是校园里公认的好声音。他音色浑厚、富有表现力，让人闻之难忘，所以无论是广院朗诵会，还是校园广播站，只要他的声音一出来，那绝对就是标准的"国家范儿"。果然，毕业后，浩瑜先后去了中央人民广播电台和中国国际广播电台。20多年间，他以"中国好声音"讲述着中国故事，他的专著《跟我说普通话》和《魅力中国话》在国内外产生了广泛的影响，他主讲的电视系列节目《跟我说普通话》走进欧洲45国，为中国文化"走出去"作出了独特的贡献。近些年，我总能在不同的平台听到他诵读的文章诗词，他那富有磁性和感染力的声音能够增加文章诗词的韵味，让听众体会到中国文学的美感。今天，《诵读最美古诗词》面世了，相信他的诵读能打动您的心灵，因为这里有他独特的审美体验和人生感悟，带给您的绝不仅仅是诗词的美感，还有精神的纯净。为我的学弟浩瑜点赞！

李修平

2017年初秋于北京

序言二

《诵读最美古诗词》共80篇，分为春、夏、秋、冬四个篇章。朗读者王浩瑜是中国国际广播电台著名播音员，在海内外产生广泛影响的《跟我说普通话》《魅力中国话》的作者。

王浩瑜毕业于北京广播学院，毕业后任中央人民广播电台主播，师从夏青、铁城、方明等我国老一辈播音艺术家，播出过许多重大的、有影响力的作品，特别是在中国古典诗词的诵读上有着极高的造诣。他的古典诗词诵读语音纯正、意境深远、声音富有磁性，有一种特别的韵律之美、意境之美。他那独特的、富有真情实感的朗读会让听者感觉"字在眼前，却萦耳畔，音从天来，却往心去。"

王浩瑜很认同他的大学导师——中国朗读学奠基人、已故中国传媒大学教授张颂对诗歌诵读的阐述："朗诵是一座殿堂，艺术的高雅和华贵仰首可见，经典的厚重和深邃引人入胜。""朗诵需要运用技巧，但在技巧运用达到一定水平时，便超越刻意，进入无意，不再考虑技巧，却又技巧无处不在，那便是大巧若拙。不工者，工之极也。"

王浩瑜表示，他此次创作的《诵读最美古诗词》是以自己的人生阅历为根基，通过阅读和研习大量的古诗词及相关研究文章，结合自己的理解和感悟，力求在有限的篇幅中与朋友们共同分享中国古诗词的文字之美、意境之美，共同感受中国古诗词那种抑扬顿挫、跌宕起伏的音律之美，共同发现中国古诗词为中国文明保持的圣洁理想与信仰。

　　林语堂说，春则觉醒而欢悦，夏则在小憩中聆听蝉的欢鸣，秋则悲悼落叶，冬则雪中寻诗。好吧，那就让我们在轻柔的春风里去感知生命的苏醒，在娇艳的夏日里去赏映日荷花、去听蝉的欢鸣，在万叶秋声里去赴秋风之约，在冬雪的斜阳晚钟里去体味生命之归。

宋世雄　钟　瑞

2017年10月

推荐语

　　浩瑜是中国古诗词的志愿传播者。他全身心投入，以真心真情把中国古典文学之魅力传播到全世界。这种踏实认真、潜心治学的精神值得赞扬。这本书会带给你不同寻常的感悟。

　　——黎江（全国播音学研究会副会长、中央人民广播电台播音指导）

　　驰骋在"声音的天空"中，听《浩瑜为您读诗词》，让我们又忆起中央人民广播电台那曾经滋润过一代人心田的《阅读与欣赏》节目。中华古典文学博大精深，我们不仅要学会"读"，更要学会"赏"。

　　《诵读最美古诗词》以春、夏、秋、冬四季轮回的独特篇章设计，带你体味中国古诗词那种抑扬顿挫、跌宕起伏的音律之美，感受中国古诗词的文字之美、意境之美，甚至让你在中国古诗词中发现中国文明的圣洁理想与信仰。浩瑜为此付出的心血值得赞赏，获"传承中国文化杰出贡献奖"实至名归。

　　——杜敏（全国少儿语言艺术专家委员会会长、
　　　　　北京广播电视台播音指导）

　　大学四年，我与浩瑜一个宿舍，我深知他是付出了怎样的努力，下了怎样的苦功夫，才把语言打磨成今天这个样子。浩瑜的好声音是我们一辈子的记忆。

　　——白岩松（中央电视台节目主持人）

高山流水遇知音，抒凌云壮志；百转千回看春秋，诵千古绝唱。观当下，行匆匆，欲匆匆；听浩瑜，声浓浓，意浓浓……

——孙小梅（中央电视台节目主持人）

第一次听到《浩瑜为您读诗词》是一年前的事了，当时被浩瑜师哥的声音深深打动，他的声音有一种独特的力量，没有哗众取宠的姿态，更没有盛气凌人的傲慢，虚心劲节，朴实无华，正所谓"劲节有高致，清声无俗喧"。《浩瑜为您读诗词》文学版《诵读最美古诗词》出版了，我为浩瑜师哥付出的努力和汗水感到欣慰和感动，也希望广大的读者朋友喜欢这本书。我想，浩瑜会带给您不一样的诗词之美。

——王欣（中央电视台节目主持人）

近半年来，我一直在收听王浩瑜老师《声音的天空》栏目。这个栏目不仅让我欣赏了王老师声情并茂的朗诵，欣赏了中国古典诗词优美动听的节律，还让我学习了很多有关这些诗词的知识，我收获颇丰。《诵读最美古诗词》是喜爱中国古典诗词的读者和听众的福音，它的出版可喜可贺！

——严燕生（北京人民艺术剧院原副院长、国家一级演员）

浩瑜君是难得的艺术天赋和文化修养俱佳的播音和朗诵大家，他用富有感染力的声音在听觉的世界里绘画和写诗。他的朗诵字正腔圆、自然流畅、中流自在、真挚感人；他能精细入微地把握每一个朗诵作品的内在意蕴，并将听者引入作品的深层意境。能做到这一点，非有深厚的艺术底蕴和人格修为不可。衷心希望有更多的听众喜欢浩瑜用声音书写的诗篇。

——祝延平（影视演员）

中国古诗词是中国人精神的音声化，显现着中国人的内心，传承着中国人的血脉，展示着中国人的修养，体现着中国人的气质，保持着中国人的圣洁理想与信仰。《诵读最美古诗词》有浅吟低唱，有柔肠粉泪，有大江东去，更有家国情怀，是一部传承中国优秀传统文化的佳作。我非常喜欢，而且我还要推荐给香港演艺圈的朋友们。最后恭祝浩瑜先生新作大卖！

——吴孟达（中国香港影视演员）

《诵读最美古诗词》内容好，诵读得更好。全国的青少年都应该读一读，听一听。

——梁宏达（媒体评论员、出版人）

诗为歌魂，歌为诗身，诗歌是人类的美好追求，中国诗词自古源远流长。这是中国文化自信的引擎。浩瑜老师的声音温雅厚实有磁性，松弛舒张有尺度，内涵情感有温度。高山流水般将听者带入"润物有声"的境界里。

浮躁时代坚守一种情怀，方能为平淡无奇的生活增添几许诗意优雅，方能在嘈杂的现实中从容淡定，方能在纷乱的世事里依然保持内心的柔韧，喜悦地看待世界，善待他人。

传承中国优秀文化，传播中华黄钟大吕，值得大大点赞。

——梅文慧（湖南大学新闻传播与影视艺术学院教授）

浩瑜是我大学同窗，既然是同窗，首先想到的自然是很久以前的事。他独特的声音、对语言艺术的执着在一群青涩的孩子中格外引人注目。30多年后看他的著作、听他的作品，再次感叹时光从不辜负每一个勤奋的追求者。独特的嗓音、扎实的功底、深邃的思想使他的表达在众人中显得格外耀眼。

我经常把他的作品推荐给海外华人，朋友们喜爱至极。很多人再次感受到母语的魅力，也因此而喜欢上朗诵艺术，我想这当是对浩瑜多年来孜孜求索的最好回报。

浩瑜的《诵读最美古诗词》出版之际，作为同学、同行，深感骄傲，再次祝贺！

——谭夜（美国金色阳光中文学校校长）

浩气英风，怀瑾握瑜，博古通今，览闻辩见，这就是我听浩瑜老师读诗词的最深感受。我特别喜欢听浩瑜老师朗读诗词，每当音乐响起，浩瑜老师浑厚而磁性的嗓音能瞬间让我沉入一种浩瀚、寂静的心境之中。让我们一起用心聆听浩瑜老师的声音吧！

——刘赛（《星光大道》年度总冠军、盲人歌手）

浩瑜兄为人敦厚诚朴，在对事业和艺术的追求上更是肯下笨功夫、肯使拙劲。几十年坚持终于成就了今日的大道——学者型的朗诵大家和播音主持人才。他的开创性研究和全力实践在不远的将来会荫泽后学，蔚然成风。让我们拭目以待吧。

——夯石（《北京广播电视报人物周刊》编辑部主任、评论家）

目 录

CONTENTS

第一季 春之篇

第一篇 最是一年春好处 / 003

第二篇 二月春风似剪刀 / 005

第三篇 柳条无力魏王堤 / 007

第四篇 绿杨阴里白沙堤 / 009

第五篇 春来江水绿如蓝 / 011

第六篇 今春看又过 / 013

第七篇 曲江对雨 / 015

第八篇 春夜喜雨 / 017

第九篇 春思 / 019

第十篇 春夜洛城闻笛 / 021

第十一篇 知否,知否?应是绿肥红瘦 / 023

第十二篇 日高烟敛,更看今日晴未 / 025

第十三篇 风住尘香花已尽 / 029

第十四篇 满城春色宫墙柳 / 031

第十五篇 雨送黄昏花易落 / 033

第十六篇　小楼一夜听春雨　/ 035

第十七篇　天涯何处无芳草　/ 037

第十八篇　夜月一帘幽梦，春风十里柔情　/ 039

第十九篇　一川烟草，满城风絮　/ 041

第二十篇　天涯芳草无归路　/ 043

第二十一篇　把酒祝东风　/ 045

第二十二篇　流水落花春去也　/ 047

第二季　夏之篇

第一篇　春去夏犹清　/ 051

第二篇　谢却海棠飞尽絮　/ 053

第三篇　五月人倍忙　/ 055

第四篇　绿树阴浓夏日长　/ 057

第五篇　阴阴夏木啭黄鹂　/ 059

第六篇　荷风送香气　/ 061

第七篇　映日荷花别样红　/ 063

第八篇　青山独归远　/ 065

第九篇　凭栏十里芰荷香　/ 067

第十篇　人散后，一钩淡月天如水　/ 069

第十一篇　别院深深夏簟清　/ 071

第十二篇　玉人罗扇轻缣　/ 073

第十三篇　碧艾香蒲处处忙　/ 075

第十四篇　东边日出西边雨　/ 077

第十五篇　叶上初阳干宿雨　/ 079

第十六篇　长夏村墟风日清　/ 081

第十七篇　水花晚色静年芳　/ 083

第十八篇　荷叶罗裙一色裁　/ 085

第十九篇　长夏江村事事幽　/ 087

第二十篇　绿槐高柳咽新蝉　/ 089

第二十一篇　翠减红衰愁杀人　/ 091

第二十二篇　月照平沙夏夜霜　/ 093

第三季　秋之篇

第一篇　空山新雨后　/ 097

第二篇　湖光秋月两相和　/ 101

第三篇　气势两相高　/ 105

第四篇　峨眉山月半轮秋　/ 107

第五篇　居高声自远　/ 109

第六篇　巴山夜雨涨秋池　/ 111

第七篇　长安一片月　/ 113

第八篇　空水澄鲜一色秋　/ 115

第九篇　白露为霜　/ 117

第十篇　多情自古伤离别　/ 119

第十一篇　昨夜西风凋碧树　/ 121

第十二篇　红叶黄花秋意晚　/ 123

第十三篇　但愿人长久，千里共婵娟　/ 125

第十四篇　惟有长江水，无语东流　/ 127

第十五篇　人生若只如初见　/ 129

第十六篇　一江春水向东流 / 131

第十七篇　断鸿声里，立尽斜阳 / 133

第十八篇　佳节又重阳 / 135

第十九篇　月落乌啼霜满天 / 137

第二十篇　霜叶红于二月花 / 139

第四季　冬之篇

第一篇　邯郸驿里逢冬至 / 143

第二篇　独钓寒江雪 / 145

第三篇　风雪夜归人 / 147

第四篇　晚来天欲雪 / 149

第五篇　今日相逢无酒钱 / 151

第六篇　最爱东山晴后雪 / 153

第七篇　将登太行雪满山 / 155

第八篇　积雪浮云端 / 157

第九篇　寒夜客来茶当酒 / 159

第十篇　风一更，雪一更 / 161

第十一篇　青海长云暗雪山 / 163

第十二篇　明月照积雪 / 165

第十三篇　雪晴云淡日光寒 / 167

第十四篇　夜深知雪重 / 169

第十五篇　众里寻他千百度 / 171

第十六篇　窗含西岭千秋雪 / 173

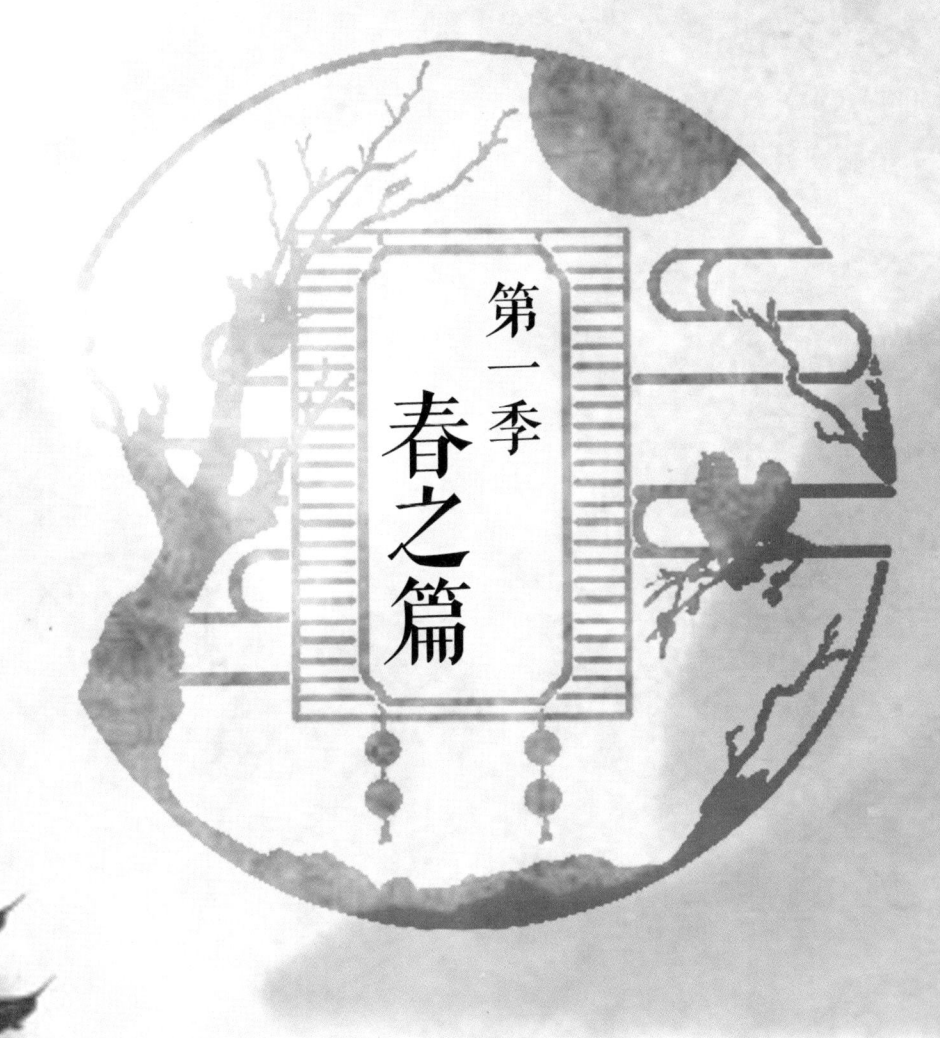

第一季 春之篇

第一篇　最是一年春好处

早春呈水部张十八员外

〔唐〕韩愈

天街小雨润如酥，
草色遥看近却无。
最是一年春好处，
绝胜烟柳满皇都。

我们中国人总是对春天有着格外的期待，古人的诗情也总是在早春时便早早醒来，从心里、从笔端，舒展开自己的温情与发现。

韩愈的七言绝句《早春呈水部张十八员外》便是这样一首细腻的描绘自己美丽发现的作品。

首句"天街小雨润如酥"说明初春来了，天上开始下起小雨。以"润如酥"来形容长安街下着小雨的独特景色，精妙至极，与杜甫的"好雨知时节，当春乃发生。随风潜入夜，润物细无声"有着异曲同工之妙。

韩愈接着说"草色遥看近却无"，这是全篇的佳句。早春二月，长安下过一番小雨后，春草芽儿就冒出来了，远远望去，仿佛有一片蒙蒙的绿色，但近看却又好像什么都没有。

"最是一年春好处，绝胜烟柳满皇都。"作者运用对比手法，表现出一种看着大地回春、万象更新的美好心情。

这首诗刻画细腻，观察精微，语句优美，语言清新，正如画家设色，在有意无意间描绘出"最是一年春好处"的早春特征，给人一种早春时节湿润、舒适、清新的美感。

〔元〕倪瓒《雨后空林图》（局部）

第二篇　二月春风似剪刀

咏柳

〔唐〕贺知章

碧玉妆成一树高，
万条垂下绿丝绦。
不知细叶谁裁出，
二月春风似剪刀。

在韩愈的七言绝句《早春呈水部张十八员外》中，我们赏析了韩愈笔下的"最是一年春好处"的早春景致。那么，随着春天脚步的临近，葱翠袅娜、勃勃生机的初春又是怎样的一番景致呢？

唐代诗人贺知章的《咏柳》便把袅袅涌荡的初春气息形象生动地表现出来了。

"碧玉妆成一树高"描写柳树就像一位经过梳妆打扮的亭亭玉立的美人。此典故来源于南朝梁元帝萧绎《采莲赋》中的"碧玉小家女"。"碧玉妆成一树高"就让人自然地把眼前这棵柳树和《采莲赋》中那位质朴美丽的少女联系了起来。

"万条垂下绿丝绦"是写长满了翠绿新叶的柳枝轻柔地垂下来,就像万条轻轻飘动的绿色丝带。我们知道,中国丝绸向来给人以端庄、华贵、飘逸之感,将垂下的柳枝形容为轻轻飘动的绿色丝带,这柳树的风韵就可想而知了。

"不知细叶谁裁出,二月春风似剪刀"是该篇的佳句。这细细的嫩叶是谁的巧手裁剪出来的呢?是春风一缕一缕地,把柳叶裁出了婀娜的模样。

〔明〕唐寅《浔阳八景图》(局部)

第三篇　柳条无力魏王堤

魏王堤
〔唐〕白居易

花寒懒发鸟慵啼，
信马闲行到日西。
何处未春先有思，
柳条无力魏王堤。

　　每个人都从早春经过过，被春风托举过，被春雨滋润过，被烟柳陶醉过。同是初春时节，各地的景致又有什么不同呢？在《早春呈水部张十八员外》里，我们曾介绍过唐时长安城的景致，那么，同为古都的北方洛阳又是怎样一番景象呢？

　　我们来看看唐朝诗人白居易的《魏王堤》是怎样描绘的。

　　诗的开头两句："花寒懒发鸟慵啼，信马闲行到日西。"写的是冬去春来，但北方的洛阳仍春寒料峭，花不愿早开，鸟不愿啼鸣，没有一点可以驻足观赏的春天景象。诗人只好在长堤上信马闲行，颇为无奈地消磨时光，一直到落日沉沉。但是，一句"何处未春先有思,柳条无力魏王堤"表达了诗人对春天的渴求,对春意的向往。虽然树未绿,花未开,风未暖,但魏王堤上悬垂的柳条告诉人们:春意已萌动,春天已经不远了。

《魏王堤》意境图

第四篇　绿杨阴里白沙堤

钱塘湖春行

〔唐〕白居易

孤山寺北贾亭西,
水面初平云脚低。
几处早莺争暖树,
谁家新燕啄春泥。
乱花渐欲迷人眼,
浅草才能没马蹄。
最爱湖东行不足,
绿杨阴里白沙堤。

《钱塘湖春行》是一首描写西湖颇具盛名的七言律诗。此诗通过对西湖早春明媚风光的描绘,抒发了作者早春游湖的喜悦和对钱塘湖风景的喜爱之情。尤其是颔联和颈联细致地描绘了西湖春行所见景物,形象活现,寄情于景。全诗结构谨严,衔接自然,对仗精工,语言浅近,用词准确,气质清新,成为历代吟咏西湖的名篇。

诗的首联从地点及时间两方面交代"钱塘湖春行"的环境。二、三两联是此诗的核心部分,是描写西湖春光的点睛之笔。"几处""谁家"两个虚拟的设问,含蓄地表现了作者对春天到来的惊喜;"乱花""浅草"准确而生动地写出了典型的江南春色;"争""啄""迷""没"四个动词用得十分贴切形象,给全诗增添了不少活泼情趣和雅致闲情。尾联点出诗人自己,补足题面的"行"字,使这首诗更显得"象中有兴,有人在,不比死句"(方东树《续昭昧詹言》)。总之,这首七律诗意境浓郁美好,选材虚实结合,语言通俗而不粗俗、精美而不雕琢,体现了白居易举重若轻的艺术功力和一贯的浅切风格。

〔宋〕朱绍宗《菊丛飞蝶图》(局部)

第五篇　春来江水绿如蓝

忆江南三首
〔唐〕白居易

其一

江南好,风景旧曾谙。日出江花红胜火,春来江水绿如蓝。能不忆江南?

其二

江南忆,最忆是杭州。山寺月中寻桂子,郡亭枕上看潮头。何日更重游?

其三

江南忆,其次忆吴宫。吴酒一杯春竹叶,吴娃双舞醉芙蓉。早晚复相逢。

《魏王堤》《钱塘湖春行》中白居易描绘的都是早春的图景,他心中真正花团锦簇的春天又是怎样的?他暮年时写的《忆江南》给我们展示出了一幅灿烂的春光画卷。

第一首中,白居易没有从描写江南惯用的"花""莺"着手,而是别出心裁地以"江"为中心下笔,又通过"红胜火"和"绿如蓝"异色相衬,展现了鲜艳夺目的江南春景。

第二首中,在八月桂花暗飘香的月夜,白居易徘徊月下,流连桂丛,时而举头望月,时而俯首细寻,看是否有桂子飞落于桂花影中。一个"寻"字,将情与景合二为一,诗情画意,引人入胜。

第三首写的是苏州。"吴酒一杯春竹叶",也许有人会说,

"竹叶"青并非是吴酒啊,这是怎么回事呢?一来,"竹叶"是为了与下句的"芙蓉"对偶;二来,"春"在这里是形容词,是指能带来春意的酒。

这组词写出了春天里江南的秀丽明艳,把江南的春天渲染得绚丽多彩。三首词各自独立而又互为补充,分别描绘了江南的景色美、风物美和女性之美,艺术概括力强,意境奇妙。

〔现代〕傅抱石《高士泛舟图》

第六篇　今春看又过

绝句二首·其二

〔唐〕杜甫

江碧鸟逾白，
山青花欲燃。
今春看又过，
何日是归年？

如果说白居易对春的思念、对春意的寻访刻画和对春天的热烈赞美给我们留下了深刻的印象，让我们今天读起来依然心动的话，那么唐代另一位大诗人杜甫又是怎样描绘春色的呢？

"江碧鸟逾白，山青花欲燃"，这是一幅极美的中国水墨画，濡饱墨于纸面，施浓彩于图中，有令人沉迷的魅力。漫江碧波荡漾，显露出白翎的水鸟，掠翅江面，一派怡人的风光。满山青翠欲滴，遍布的朵朵鲜花红艳无比，简直就像燃烧着的一团旺火，十分旖旎灿烂。

以"江碧"衬鸟翎的白，碧白相映生辉；以"山青"衬花葩的红，青红互相竞丽。可以说诗圣杜甫寥寥几笔便为我们描绘出了一幅美丽的春天的画卷。

可是,仅仅描绘山水、点亮景色不是杜甫的写作风格。诗人紧接下去,笔路陡转,慨而叹之。

"今春看又过,何日是归年?"春天的景色不可谓不美,可惜岁月荏苒,归期遥遥,非但引不起游玩的兴致,反而勾起了漂泊的感伤。这里的"看"字和"又"字,都写得很有分量。"看",是指观看,观赏。春色诱人,确实值得人流连欣赏,但是年复一年的回乡愿望却始终不能实现;"又"字包含着诗人诸多感慨。"何日是归年",表达的是一种身不由己之感。

当时,由于国内战乱不已,诗人不得不长期客居他乡,颠沛流离。因而,杜甫是借绘春天之景,实写思乡之苦、怀乡之念。

〔元〕曹知白《溪山泛艇图》(局部)

第七篇　曲江对雨

曲江对雨

〔唐〕杜甫

城上春云覆苑墙，
江亭晚色静年芳。
林花著雨胭脂湿，
水荇牵风翠带长。
龙武新军深驻辇，
芙蓉别殿谩焚香。
何时诏此金钱会，
暂醉佳人锦瑟旁。

杜甫是伟大的现实主义诗人，虽然他笔下的春色芳草萋萋、生意盎然，但触景生情、抒怀言志才是杜甫作诗的本意与初衷。我们来欣赏一下杜甫的《曲江对雨》。

先看此诗的前两联。首联写景，春云低垂，笼罩宫城，覆压苑墙；斜晖脉脉，江亭寂寂，暮霭沉沉，芳草萋萋。虽是春景，生意盎然，却了无人迹，一派荒凉落寞。

颔联直承而下，从细部用笔，由面到点，写曲江胜景，将满怀幽思作进一步渲染。杂花生树，落英缤纷，本已迷人眼目，又经如酥春雨的润泽，更觉楚楚可怜。枯坐江亭的诗人面对此景，不禁生出万分惆怅与凄苦，恰如盛唐气象日渐衰落，诗人不免潸然掉泪。这是移情于景的妙句。

"水荇牵风翠带长"，本是风吹水荇，诗人却反道"水荇牵风",赋景以人格化动作,似乎这"水荇"也难耐乏人问津的寂寞,欲招揽清风一缕与之共话沧桑。以"雨""风"来烘托"林花""水荇",景更丰富了,意境也更深了一层。

尾联"何时诏此金钱会,暂醉佳人锦瑟旁",诗人描绘了一个君臣同欢、歌舞升平的宴饮嬉游之景。"何时"表明这种狂想充其量是一场豪梦而已。此联抒情极其惨痛。"大厦将倾,独木难支",明知逝水难回,却渴盼恩泽重沐,一展怀抱,这怎能不令人伤感。曲江是杜甫长安诗作的一个重要题材。安史之乱前,他以曲江游宴为题,讽刺官场的豪奢放荡;陷居时期,他潜行曲江,抒发深重的今昔兴亡之感;而平乱之后,其诗作大多寓凄寂之情于浓丽之句,表达了深沉的悲伤与愤慨。

〔唐〕周昉《调琴啜茗图》(局部)

第八篇　春夜喜雨

春夜喜雨

〔唐〕杜甫

好雨知时节，
当春乃发生。
随风潜入夜，
润物细无声。
野径云俱黑，
江船火独明。
晓看红湿处，
花重锦官城。

　　《春夜喜雨》是杜甫描绘春夜雨景少有的表现喜悦心情的名作。首联一开头就用一个"好"字赞美"雨"。接下来，把雨拟人化，说它"知时节"。其中"知"字用得很传神，简直把雨给写活了。

　　颔联进一步表现雨的"好"，其中"潜""润""细"等字生动地写出了雨"好"的特点。所以，光有首联的"知时节"，还不足以完全表现雨的"好"。等到颔联写出了春雨的特点，那个"好"字才落实了。"随风潜入夜，润物细无声"，不仅表明那雨是伴随和风而来的细雨，而且表明那雨有意"润物"，无意讨"好"。如果有意讨"好"，它就会在白天来，就会造一点声势，让人们看得见，听得清。唯其有意"润物"，无意讨"好"，才选择了一个不妨碍人们劳动的时间悄悄地来，在人们酣睡的夜晚无声地、细细地下。

"野径云俱黑,江船火独明"进一步从雨量丰富写雨的"好"。由于晚上一直下着雨,所以只有船上的灯火是亮的,江面看不见,小路也看不清,天空里全是黑沉沉的云,地上也像云一样黑。"黑"与"明"相互映衬,不仅点明了云厚雨足,而且给人以强烈的美感。

尾联是想象中的情景,紧扣题中的"喜"字写想象中雨后锦官城的迷人景象。如此"好雨"下上一夜,万物就都得到润泽,最能代表春色的花也就带雨开放,红艳欲滴。

《春夜喜雨》意境图

第九篇　春思

春思
〔唐〕李白

燕草如碧丝,
秦桑低绿枝。
当君怀归日,
是妾断肠时。
春风不相识,
何事入罗帏?

　　李白的这首五言古体诗开头两句"燕草如碧丝,秦桑低绿枝",可以视作"兴"。兴和比、赋一样,都是中国古代诗歌的主要表现形式:即托物起兴,先言他物,然后借以联想,引出诗人所要表达的事物、思想、感情,相当于如今的象征修辞方法。这两句以相隔遥远的燕、秦两地的春天景物起兴,颇为别致。诗人巧妙地把握了思妇复杂的感情活动,用两处春光,兴两地相思,把想象同眼前真景融合起来,造成诗的妙境,不仅起到了一般兴句所能起的烘托感情气氛的作用,而且还把思妇对于丈夫的真挚感情和他们夫妻之间心心相印的亲密关系写出来了。

　　三、四两句直承兴句的思路而来,故仍从两地着笔:"当君怀归日,是妾断肠时。"按理说,诗中的女主人公应该感到欣喜才是,而下句竟以"断肠"承之,这又似乎不符合一般人的心理,但如果联系上面的兴句细细体会,就会发现,这样写使思妇的感情又进了一层。过去俗话说:"见多情易厌,见少情易变。"这首诗中的女主人公的可贵之处在于阔别而情深,迹疏而心不移。诗的最后,诗人捕捉了思妇在春风吹入闺房、掀动罗帐的一刹那的心理活动,表现了她忠于所爱的感情。

《春思》意境图

第十篇　春夜洛城闻笛

春夜洛城闻笛

〔唐〕李白

谁家玉笛暗飞声，
散入春风满洛城。
此夜曲中闻折柳，
何人不起故园情。

这首诗是唐玄宗开元二十三年（735年）李白游洛城（即洛阳）时所作。首句从笛声落笔：深夜，诗人难于成寐，忽而传来几缕断续的笛声，这笛声立刻触动诗人的羁旅情怀。这里"暗"字有多重意蕴，主要是说笛声暗送，似乎特意飞来给在外作客的人听，以动其离愁别恨。此外，"暗"也有断续、隐约之意，这与诗的情境一致。"谁家"，即不知谁家，"谁"与"暗"照应。第二句着意渲染笛声，说它"散入春风""满洛城"，仿佛无处不在、无处不闻，如果说首局中"暗"字用得恰当的话，那么第二句中的"散"字就用得妙。笛声"散入春风"，整个洛阳城都充满了笛声，触动了诗人的思乡情怀，于是第三句点出了

《折杨柳》曲。古人送别时折柳，盼望亲人归来也折柳。"柳"谐"留"音，故折柳送行表示别情。所以，当李白听到这首《折杨柳》曲时，便引起客愁乡思。三、四两句写诗人自己的情怀，却从他人反说。诗人强调"此夜"，是面对所有客居洛阳城的人讲话，为结句"何人不起故园情"作势。这是主观情感的推衍，不言"我"，却更见"我"感触之深、思乡之切。

《春夜洛城闻笛》意境图

第十一篇　知否，知否？应是绿肥红瘦

如梦令·昨夜雨疏风骤
〔宋〕李清照

昨夜雨疏风骤，
浓睡不消残酒。
试问卷帘人，
却道海棠依旧。
知否？知否？
应是绿肥红瘦。

这首小令有人物，有场景，还有对白，充分显示了宋词的语言表现力和词人的才华。小词借宿酒醒后询问花事的描写，曲折委婉地表达了词人的惜花伤春之情，语言清新，词意隽永。

起首两句，词面上虽然只写了昨夜饮酒过量，第二天早晨酒意还未全消，但在其背后还潜藏着另一层意思，那就是昨夜酒醉是因为惜花。

三、四两句是惜花心理的反映。尽管饮酒致醉一夜浓睡，但清晨酒醒后所关心的第一件事仍是园中海棠。词人知道海棠不堪一夜骤风疏雨的揉损，窗外定是残红狼藉，却又不忍亲见，于是试着向正在卷帘的侍女问个究竟。一个"试"字，将词人关心花事却又害怕听到花落的消息，不忍亲见落花却又想知道究竟的矛盾心理表现得淋漓尽致。"试问"的结果——"却道海棠依旧"。一个"却"字，既表明侍女对女主人的心事毫无觉察，对窗外发生的变化无动于衷，也表明词人听到答话后感到疑惑不解。她想：雨疏风骤之后，海棠怎会"依旧"呢？这就非常自然地带出了结尾两句。

"知否？知否？应是绿肥红瘦。"这既是对侍女的反问，也像是自言自语，写出了伤春的闺中人复杂的神情口吻，可谓传神之笔。"应是"，表明词人对窗外景象的推测与判断，因为她尚未亲眼目睹，所以说话时留有余地。末了的"绿肥红瘦"一语更是全词的精绝之笔，历来为世人所称道。"绿"指代叶，"红"指代花，是两种颜色的对比；"肥"形容雨后的叶子因水分充足而茂盛肥大，"瘦"形容雨后的花朵因不堪雨打而凋谢稀少，是两种状态的对比。由这四个字生发联想，"红瘦"表明春天渐渐消逝，而"绿肥"象征着盛夏即将来临。这种极富概括性的语言实在令人叹为观止。

〔当代〕戴敦邦《如梦令》

第十二篇　日高烟敛，更看今日晴未

念奴娇·春情

〔宋〕李清照

萧条庭院，又斜风细雨，重门须闭。宠柳娇花寒食近，种种恼人天气。险韵诗成，扶头酒醒，别是闲滋味。征鸿过尽，万千心事难寄。

楼上几日春寒，帘垂四面，玉阑干慵倚。被冷香消新梦觉，不许愁人不起。清露晨流，新桐初引，多少游春意。日高烟敛，更看今日晴未？

这首《念奴娇·春情》在艺术手法上体现了李清照一贯的婉约风格，一怀愁绪，尽在半含半吐之中。词人以清新明快的语言，通过对环境气氛的渲染，从极细微处传出自己深微曲折的复杂感情，情真语切，感人至深。

这首词是李清照早期代表作之一。全词通过描写春天的景物及人物的心情,表达了深沉的离情别绪。

"萧条"是了无意趣的孤寂感觉。丈夫在外做官,自己独处家中,庭院里冷冷清清,又赶上潇潇细雨、微微斜风,更给人黯淡冷瑟之感,于是将一道道的门都关上。

"宠柳娇花"四字,清丽自然,新颖奇俊,一向受到评论家的称赞。柳青了,受人宠;花开了,如少女多娇;寒食近了,该去欣赏花红柳绿。可是老天偏偏不从人愿,又是斜风,又是细雨,简直让人无法成行,套用一句红楼梦的语言,就是"真真地令人可恼"。

这样寂寞冷落的环境、恼人的天气,如何排遣呢?赋诗、饮酒是文人们惯常的方式,词人也是这么做的。她不但作诗,而且作的是"险韵诗",即用生疏冷僻、难押的字当韵脚。她不但喝酒,而且喝的是"扶头酒"。所谓"闲滋味",就是一种百无聊赖、无可奈何的情绪。

"征鸿"一句写即使高飞远行的大雁可以传书,又怎能慰藉自己的相思之苦、离愁别恨?重重心事,关它不住,遣它不成,寄也无处,最后还是把它埋藏心底。词人那怅惘、复杂的心情真是"多少事,欲说还休"。

"被冷香消新梦觉,不许愁人不起。"这里的意思是被子冷了,香炉中的香烧完了,梦也醒了,自己孤零零地躺在床上,离愁别恨在心中侵扰,不由得人不起床。

"清露晨流,新桐初引,多少游春意。"是说,清晨,恼人的绵绵风雨已过,晶莹清澈的露珠在树叶上、花朵上、草尖上聚集着、滚动着。那曾经寂寞萧索的梧桐好像一下子苏醒过来,开始长出嫩芽。雨后的花草树木生意盎然,到处都是欣欣向荣的清新

《念奴娇·春情》意境图

景象。这样的大好春光令人神往不已。

最后一句"日高烟敛,更看今日晴未"表面上是写词人对天气是否真的转晴的担忧,实际上透露了她的心情还没有真正灿烂起来。结尾更有不尽之意:不晴怎样,晴又怎样?她是要去游春,还是依旧庭院独坐?她的离愁别恨是减轻些了,还是依旧那么沉重?

第十三篇　风住尘香花已尽

武陵春·春晚
〔宋〕李清照

风住尘香花已尽，
日晚倦梳头。
物是人非事事休，
欲语泪先流。

闻说双溪春尚好，
也拟泛轻舟。
只恐双溪舴艋舟，
载不动许多愁。

　　前面，我已经为大家介绍了李清照的两首描写春的词《如梦令·昨夜雨疏风骤》和《念奴娇·春情》。这两首词都是李清照的早期作品，语言清新、婉约细腻、词切情真、感人至深。那么，同是描写春天，作者中年孀居后所写的词又是怎样的一番心境呢？我今天就带领大家赏析一首李清照中年时写的一首词《武陵春·春晚》。

　　这首词分上下两片。上片首句"风住尘香花已尽"，交代季节，说明这时已到了暮春时节。"日晚倦梳头"是通过日色已晚而作者仍无心梳洗打扮来表达内心的哀伤。下面叙述哀伤的原因和哀伤的程度："物是人非事事休，欲语泪先流。"在春天里花开花落年年如此,并没有新的变化,而人却与以前大不一样了,国破、家亡、夫死,她的生活已经发生了根本的变化。在这里,作者利用"日晚倦梳头"和"欲语泪先流"两个外在的行为具体地表达了她内心的浓重哀愁。

下片笔锋一转,另辟蹊径,写道:"闻说双溪春尚好,也拟泛轻舟。"听人说双溪春色还不错,诗人也产生了去那里泛舟的念头。她想去双溪泛舟并不是贪恋美景、游赏心切,而是要寻求一个消除愁苦的去处。不过,转而却又否定了自己的计划:"只恐双溪舴艋舟,载不动许多愁。"人们总是把愁怨比作连绵不断的流水,比作斩尽还生的野草,而李清照却另寻了一个新思路,说自己的愁重得连小船都承载不动。她用"也拟""只恐"等虚词把自己的思想活动层次分明地表露出来,像这样的艺术构思和表现手法实在很新鲜、奇特,所以被词论家称赞为"创意出奇""出人意表"。

《武陵春·春晚》意境图

第十四篇　满城春色宫墙柳

钗头凤·红酥手
〔南宋〕陆游

红酥手，黄縢酒，满城春色宫墙柳。东风恶，欢情薄。一怀愁绪，几年离索。错，错，错！

春如旧，人空瘦。泪痕红浥鲛绡透。桃花落，闲池阁。山盟虽在，锦书难托。莫，莫，莫！

　　这首词是陆游的代表作品之一，描写了陆游与唐琬的爱情悲剧。全词记述了词人与唐琬被母亲逼迫分开后，在绍兴禹迹寺南沈园的一次偶遇的情景，表达了他们眷恋之深和相思之切，抒发了作者怨恨愁苦而又难以言状的感情。

　　词的上片前面部分是作者回忆往昔夫妻把酒言欢时沈园的春色图景，抒发了作者畅快的惬意心情。从"东风恶"开始笔锋一转，写作者的悲愤之情、凄苦之意、懊悔之心。"东风恶"暗喻自己的母亲逼迫自己休掉结发之妻的冷酷、残忍与蛮横，只是由于不便明言，而又不能不言，才不得不以这种暗喻的方式表达。"错，错，错！"一连三个"错"字，连迸而出，令人震撼。

词的下片由感慨往事回到现实，进一步抒写夫妻被迫离异的巨大哀痛。"春如旧，人空瘦，泪痕红浥鲛绡透"是写春日如同过去没有什么变化，但唐琬已经身形消瘦，委屈的泪水把手帕都湿透了。"桃花落"和"闲池阁"都是借物抒情，是写作者被逼休妻的无可奈何及休妻后的孤寂心情。

随后，作者又转到直接抒情："山盟虽在，锦书难托。"虽说自己情如山石，痴心不改，但是，这样一片赤诚的心意却难以表达。刹那间，怜惜之情、抚慰之意，百感交集，再一次冲胸破喉而出："莫，莫，莫！"罢了，罢了，罢了！明明言犹未尽，情犹未终，却偏偏就这么戛然而止。

《钗头凤·红酥手》意境图

第十五篇 雨送黄昏花易落

钗头凤·世情薄
〔南宋〕唐琬

世情薄,人情恶,
雨送黄昏花易落。
晓风干,泪痕残,
欲笺心事,独语斜阑。
难,难,难!

人成个,今非昨,
病魂常似秋千索。
角声寒,夜阑珊,
怕人寻问,咽泪装欢。
瞒,瞒,瞒!

在上篇《钗头凤·红酥手》中,陆游在沈园与唐琬相遇后心绪难平,在沈园墙上题词一首,表达了自己的眷恋之情、痛悔之意。唐琬回到家中,愁怨难解,于是和了这首《钗头凤·世情薄》。

词的上片交织着十分复杂的感情内容。"世情薄,人情恶"两句,抒写了对于在封建礼教支配下的人情世故的愤恨之情。"雨送黄昏花易落",采用象征的手法,暗喻自己备受摧残的悲惨处境。"晓风干,泪痕残",以晓风能吹干雨水来反衬手帕擦不干泪水,借以表达内心永无休止的悲痛。"难,难,难!"这一叠声的"难"字,包含了千种愁恨、万种委屈。

下片"人成个,今非昨,病魂常似秋千索"三句艺术概括力极强。"人成个"是就空间角度而言的,"今非昨"是就时间角度而言的,其中包含着多重不幸,昨日方有梦魂,今日却只剩"病魂"。更为不幸的是,改嫁以后,竟连悲哀和流泪的自由也丧失殆尽。"角声寒,夜阑珊,怕人寻问,咽泪装欢"四句,倾诉了这种苦境。

末尾以三个"瞒"字作结,再次与开头相呼应。因此愈瞒,愈能体现出她对陆游的一往情深和矢志不渝的爱。

与陆游的词比较,两词所采用的艺术手段虽然不同,但都切合各自的性格、遭遇和身份,可谓各造其极,俱臻至境。合而读之,颇有珠联璧合、相映生辉之妙。

《钗头凤·世情薄》意境图

第十六篇　小楼一夜听春雨

临安春雨初霁

〔南宋〕陆游

世味年来薄似纱,
谁令骑马客京华。
小楼一夜听春雨,
深巷明朝卖杏花。
矮纸斜行闲作草,
晴窗细乳戏分茶。
素衣莫起风尘叹,
犹及清明可到家。

陆游12岁就能写诗文,一生著述丰富,在思想上、艺术上取得了卓越成就,不仅成为南宋一代诗坛领袖,而且在中国文学史上享有崇高地位,是中国伟大的爱国诗人。

自淳熙五年宋孝宗召见了陆游以来,他并未得到重用,弃官回家后五年,更是远离政界,但对政治舞台上的倾轧变幻、世态炎凉,他是体会得更深了。于是首联开口就言"世味"之"薄",并惊问"谁令骑马客京华"。颔联点出"诗眼",也是陆游的名句,语言清新隽永。诗人只身住在小楼上,彻夜听着春雨的淅沥。次日清晨,深幽的小巷中传来了叫卖杏花的声音,告诉人们春已深了。绵绵的春雨,由诗人的听觉中写出,而淡淡的

《临安春雨初霁》意境图

春光则在卖花声里透出,写得形象而又别致。颈联道出了陆游在绵绵春雨中郁闷与惆怅的心情。在这明艳的春光中,诗人只能做的是"矮纸斜行闲作草",表面上看是极闲适恬静的境界,然而在这背后,正藏着诗人无限的感慨。国家正是多事之秋,而诗人却在京城临安,以写书法品茗茶消磨时光,真是无聊而可悲。于是诗人再也捺不住心头的怨愤,写下了结尾两句,道出了羁旅风霜之苦。其中,又有京中恶浊,久居为其所化的意思。

第十七篇　天涯何处无芳草

蝶恋花·春景
〔北宋〕苏轼

花褪残红青杏小。
燕子飞时,绿水人家绕。
枝上柳绵吹又少,
天涯何处无芳草。

墙里秋千墙外道。
墙外行人,墙里佳人笑。
笑渐不闻声渐悄,
多情却被无情恼。

这首词是伤春之作。苏轼长于豪放,也善于婉约,本词描绘了春景的清新秀丽,婉约之气丝毫不逊于柳永。

上阕描写了一组暮春景色:暮春时节,杏花凋零枯萎了,只剩下一点点"残红",树的枝头只挂着一些又小又青的杏子。燕子在空中飞来飞去,绿水环绕着农户人家。树上的柳絮在风的吹拂下越来越少,春天行将结束,但美景未必难觅。

再看下阕:"墙里秋千墙外道。墙外行人,墙里佳人笑。"我觉得这句词的艺术处理真是绝妙极了,简直就是现代电影空镜头语言的绝妙运用。作者只写露出墙头的秋千和佳人的笑声,其他则全部隐藏起来,让"行人"去想象,在想象中产生出无穷意味。"笑渐不闻声渐悄,多情却被无情恼",这里的"多情"与"无情"究竟指的是什么?作者并未言明,却留下了丰富的空白,让人想象。

全词真实地反映了词人的一段心理历程,意境朦胧,令人回味无穷。

《蝶恋花·春景》意境图

第十八篇　夜月一帘幽梦，春风十里柔情

八六子·倚危亭
〔北宋〕秦观

倚危亭，恨如芳草，萋萋刬尽还生。念柳外青骢别后，水边红袂分时，怆然暗惊。

无端天与娉婷，夜月一帘幽梦，春风十里柔情。怎奈向、欢娱渐随流水，素弦声断，翠绡香减，那堪片片飞花弄晚，蒙蒙残雨笼晴。正销凝，黄鹂又啼数声。

在上篇《蝶恋花·春景》中，我们领略了苏轼的清秀婉约。今天我为朋友们再介绍一位文辞深受苏轼赏识、人称"苏门四士"之一的秦观所作的词——《八六子·倚危亭》。

首先，秦观词最大的特色是"专注情致"。抒情性原本就是词长于诗的特点，秦观则将词的这一特长加以光大，在这首词中体现得十分明显。

其次，这首词蕴藉含蓄，情致悠长，耐人寻味。秦观善于通过凄迷、朦胧的意境来传达自己伤感、迷惘的情绪。

最后，这首词的语言清新自然，精工而无斧凿之痕。秦观的词之所以能有如此高超的语言成就，一方面是因为他工于炼字。另一方面，因为秦观善于化用古人诗句，使之为己所用，更加富于表现力，达到青出于蓝而胜于蓝的效果。

《八六子·倚危亭》意境图

第十九篇　一川烟草，满城风絮

青玉案·凌波不过横塘路
〔北宋〕贺铸

凌波不过横塘路，但目送、芳尘去。锦瑟华年谁与度？月桥花院，琐窗朱户，只有春知处。

飞云冉冉蘅皋暮，彩笔新题断肠句。试问闲情都几许？一川烟草，满城风絮，梅子黄时雨。

这首词上片写情深不断，相思难寄；下片写由情生愁，愁思纷纷。

"凌波不过横塘路，但目送，芳尘去"，这里是说美人的脚步在横塘前匆匆走过，作者只有遥遥地目送她的倩影渐行渐远。基于这种可望而不可即的遗憾，作者展开丰富的想象，推测那位美妙的佳人是怎样生活的："锦瑟年华谁与度？""锦瑟华年"在诗词中表示美好青春的意思。"月桥花院"，指月亮似的小拱桥和种满鲜花的园子；"琐窗"是雕刻着花纹的窗子；"朱户"就是红漆大门，指大户人家；"只有春知处"是说只有春光才知道这女子的真正住处和生活情况。这种想象既属虚构，又合实情。

词的下片由情生愁,着力刻画词人内心的愁苦。"碧云冉冉蘅皋暮,彩笔新题断肠句",青云在流动,词人在长着杜蘅的岸边流连,吟咏着刚刚写成的词句。"断肠句"指充满伤感情绪的诗篇。尽管词人已经写了许多伤感的诗篇,满腔愁闷还是无法排遣。

词人的愁有多少呢?他用三个比喻来回答:我那一腔闲愁啊,既像遍地的雾气和春草,又像满城飞舞的柳絮,更像江南黄梅季节连绵不断的细雨。由于贺铸采用三种具体的形象来描绘愁,就把这种抽象的情感写得可触可感了。特别是"梅子黄时雨"一句,更使人感到愁虽然似有若无,却又渗透一切。

《青玉案·凌波不过横塘路》意境图

第二十篇　天涯芳草无归路

摸鱼儿·更能消、几番风雨

〔南宋〕辛弃疾

淳熙己亥，自湖北漕移湖南，同官王正之置酒小山亭，为赋。

更能消、几番风雨，匆匆春又归去。惜春长怕花开早，何况落红无数。春且住，见说道、天涯芳草无归路。怨春不语。算只有殷勤，画檐蛛网，尽日惹飞絮。

长门事，准拟佳期又误。蛾眉曾有人妒。千金纵买相如赋，脉脉此情谁诉？君莫舞，君不见、玉环飞燕皆尘土！闲愁最苦。休去倚危栏，斜阳正在，烟柳断肠处。

《摸鱼儿·更能消、几番风雨》是南宋词人辛弃疾的一部优秀作品。全词托物起兴，借古伤今，融身世之悲和家国之痛于一炉，沉郁顿挫，寄思遥深。

上片起句"更能消、几番风雨？匆匆春又归去"，不是单纯地谈春光流逝的问题，而是另有所指。

"惜春长怕花开早"两句,揭示了作者惜春的心理活动:由于怕春离去,他对它招手,但是春还是悄悄地溜走了;想召唤它归来,又听说春草铺到了遥远的天边,遮断了春的归路,春是回不来了。因此产生了"怨春不语"的感情。

"算只有殷勤,画檐蛛网,尽日惹飞絮"三句的意思是:看来最殷勤的只有那檐下的蜘蛛,它为了留住春,一天到晚不停地抽丝结网,用网来网住那飞去的柳絮。

下片一开始就用典故来比拟自己的失意。这种复杂痛苦的心情无人可以诉说。"君莫舞"两句是说那些邀宠的人你们不要得意忘形,迟早都会归为尘土。"闲愁最苦"三句是说词人在这闲暇之时,依然愁家国、愁命运。正因如此,才令他感到"闲愁最苦",才说不要去倚靠高楼,否则会看见斜阳坠落烟柳中,令人伤心断肠。

《摸鱼儿·更能消、几番风雨》意境图

第二十一篇　把酒祝东风

浪淘沙·把酒祝东风

〔北宋〕欧阳修

把酒祝东风，
且共从容。
垂杨紫陌洛城东。
总是当时携手处，
游遍芳丛。

聚散苦匆匆，
此恨无穷。
今年花胜去年红。
可惜明年花更好，
知与谁同。

据考，此词为欧阳修与友人梅尧臣在洛阳城东旧地重游，有感而作。当时欧阳修大约是25岁，正是血气方刚、义重情长的年纪。

上阕首句"把酒祝东风，且共从容"的意思是，端起一杯满怀深情的酒，问候久违的春天，并且希望你不要步履匆匆，留下来与我和美相伴吧。接下来"垂杨紫陌洛城东"：繁华的洛城之东，路旁已是垂柳依依，春意盎然。"总是当时携手处，游遍芳丛"：还记得吗？去年此时，也是在这里，你我携手相伴，在芳草花丛中尽情赏春游芳。

下阕"聚散苦匆匆，此恨无穷"两句是说本来就很难相聚，而刚刚会面，又要匆匆作别，这怎能不给人带来无穷的怅恨。后三句"今年花胜去年红""可惜明年花更好，知与谁同"是从眼前所见之景来抒写别情，也可以说是对上面的感叹的具体说明。今年的花儿比去年的还鲜艳美丽，明年的花儿也许会更加艳丽动人，可惜的是，不知道明年谁将与我一同欣赏。

周华健唱过一首名为《朋友》的歌。歌里有"朋友一生一起走。一句话，一辈子，一杯酒，一生情"的词句，但现实生活中朋友不会永远在你身边，也许就在哪天，你或者友人转身而去，空留下一个美丽而渐行渐远的背影。所以，当我们与朋友相处时，应该且行且珍惜。

《浪淘沙·把酒祝东风》意境图

第二十二篇　流水落花春去也

浪淘沙·帘外雨潺潺
〔南唐〕李煜

帘外雨潺潺，春意阑珊。罗衾不耐五更寒。梦里不知身是客，一晌贪欢。

独自莫凭栏，无限江山，别时容易见时难。流水落花春去也，天上人间。

《浪淘沙·帘外雨潺潺》这首词基调低沉悲怆，透露出李煜这个亡国之君绵绵不尽的故土之思，可以说是一支婉转凄苦的哀歌。

上片用倒叙手法，先写梦醒再写梦中。起首说五更梦回，薄薄的罗衾挡不住晨寒的侵袭。帘外是潺潺不断的春雨，是寂寞零落的残春，这种环境使词人倍增凄苦之感。"梦里"两句，回过来追忆梦中情事，睡梦里词人好像忘记自己是俘虏，似乎还在故国华美的宫殿里，贪恋着片刻的欢娱。梦醒以后，词人加倍地感到痛苦。

下片三句自为呼应。说"独自莫凭栏"，是因为"凭栏"而不见"无限江山"，又将引起"无限伤感"。"别时容易见时难"是当时常用的语言。然而，作者所说的"别"，并不仅仅指亲友之间的别,而主要指与故国"无限江山"分别。"见时难",指亡国以后,不可能见到故土的悲哀之感,这也就是他不敢"凭栏"的原因。

"流水"两句,叹息春归何处。"天上人间",是说相隔遥远,不知其处。这是指春,也指人。词人长叹水流花落,春去人逝,故国一去难返,无由相见。

这首词情真意切、哀婉动人,深刻地表现了词人的亡国之痛和囚徒之悲。词人以白描手法诉说内心的极度痛苦,具有撼动读者心灵的艺术魅力。

《浪淘沙·帘外雨潺潺》意境图

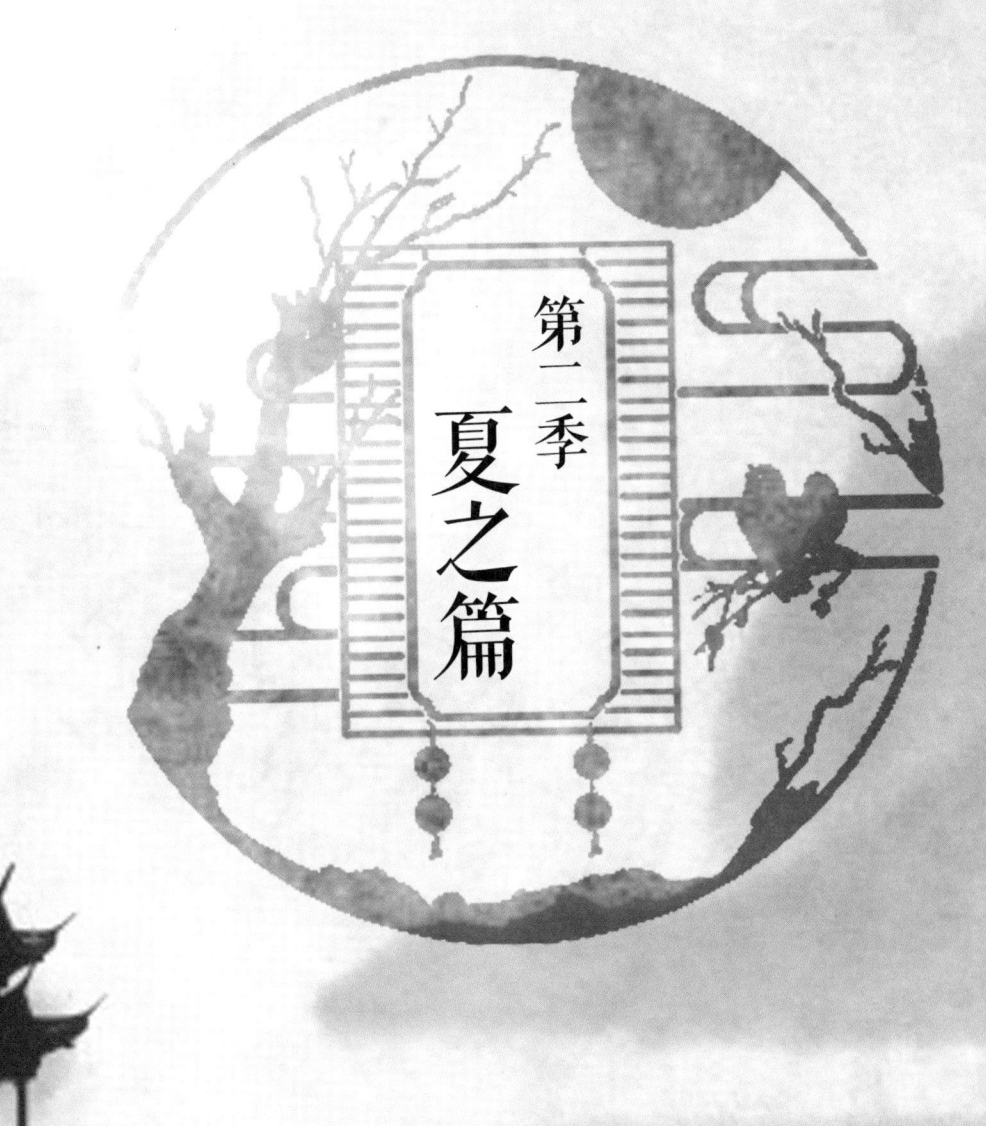

第二季 夏之篇

第一篇 春去夏犹清

晚晴
〔唐〕李商隐

深居俯夹城，
春去夏犹清。
天意怜幽草，
人间重晚晴。
并添高阁迥，
微注小窗明。
越鸟巢干后，
归飞体更轻。

立夏已好几日了，白天一天天地长了起来，在这清朗的初夏里，我不由得想起了李商隐《晚晴》中的"深居俯夹城，春去夏犹清"的诗句来。

这首诗的首联说诗人居处幽僻，俯临夹城（城门外的曲城），时令正值清朗的初夏。

颔联写独自生长在幽暗处不被人注意的小草，虚处用笔，暗喻晚晴。晚晴虽美，却很短暂，人们常在赞赏它的同时对它的匆匆即逝感到惋惜与怅惘。然而诗人不顾它的短暂，只强调"重晚晴"。从这里，可以体味到诗人分外珍重美好而短暂的事物的感情，一种积极、乐观的人生态度。

颈联则转而对晚晴作工致的描画。这样虚实疏密相间，诗便显得张弛有致。雨后晚晴，云收雾散，凭高览眺，视线更为高远，夕阳的余晖落在小窗上，带来了一线光明。这一联通过对晚景的具体描绘，写出了诗人明朗欣喜的心境。

尾联写飞鸟归巢，体态轻捷。宿鸟归飞，通常会触动旅人羁愁，这里却成为喜晴情绪的烘托。如果说"幽草"是诗人"沦贱艰虞"身世的象征，那么，"越鸟"似乎是眼前托身有所、精神振作的诗人的化身。

《晚晴》意境图

第二篇　谢却海棠飞尽絮

即景

〔南宋〕朱淑真

竹摇清影罩幽窗，
两两时禽噪夕阳。
谢却海棠飞尽絮，
困人天气日初长。

朱淑真的这首七言绝句描绘了春末夏初的景象，同时也借景抒发了诗人郁郁寡欢的心情。翠竹清幽，映照小窗，成双作对的禽鸟在夕阳中鸣叫戏耍，此时海棠已谢，柳絮飘尽，随着夏季来临，白昼加长，人愈发感到娇慵困倦。前两句有静有动，静态中的"清影"和"幽窗"、动态中的"竹摇"和"鸟噪"都绘声绘色。后两句将前句中的忧郁情绪进一步深化，初夏时分海棠花谢了，柳絮也飞尽了，白天越来越长了，实在给人一种"困"的感觉。全诗寄情绪于景物，淡淡几笔，却极具感染力。

诗中"竹摇清影""禽鸟鸣噪"，描绘了动静结合的喧闹场景，渲染了诗人烦闷、抑郁的心理。海棠和杨花的凋敝殆尽，则使人产生"一朝春尽红颜老,花落人亡两不知"的感叹,诗人的惆怅又加深了一层。所有这些消沉的情绪皆因一"困"字而形象化了。整首诗萦绕着一股淡淡的哀愁,感染着读者。

〔清〕郑板桥《竹石图》

第三篇 五月人倍忙

观刈麦

〔唐〕白居易

田家少闲月,五月人倍忙。
夜来南风起,小麦覆陇黄。
妇姑荷箪食,童稚携壶浆,
相随饷田去,丁壮在南冈。
足蒸暑土气,背灼炎天光,
力尽不知热,但惜夏日长。
复有贫妇人,抱子在其旁,
右手秉遗穗,左臂悬敝筐。
听其相顾言,闻者为悲伤。
家田输税尽,拾此充饥肠。
今我何功德,曾不事农桑。
吏禄三百石,岁晏有余粮。
念此私自愧,尽日不能忘。

已过了小满节气,天气渐渐热了起来,太阳照在脸上、身上已觉得热得慌。不由得,我想起小时候在家乡看农民在炎炎烈日下挥汗如雨、辛勤劳作的场景来。

《观刈麦》是唐代诗人白居易的早期作品。此诗描写了当时陕西周至县麦收时节的农忙景象,表达了诗人对造成人民贫困之源的繁重租税的指责,和对自己无功无德又不劳动却能丰衣足食的愧疚,表现了一个有良心的封建官吏的人道主义精神。在写作手法上,诗人将全景式刻画与特定人物描写相结合,夹叙夹议,使全诗成为一个有机的整体。

《观刈麦》意境图

第四篇　绿树阴浓夏日长

山亭夏日
〔唐〕高骈

绿树阴浓夏日长，
楼台倒影入池塘。
水晶帘动微风起，
满架蔷薇一院香。

在这初夏时节，看着各处绿树成荫，我不由想起了唐朝高骈的一首描绘夏日风景的七言绝句《山亭夏日》，感叹古人对夏日观察的细致和传神。

此诗第一句看似平淡，但仔细揣摩会发现"阴浓"二字别有韵味，日烈、树茂，"树阴"才能"浓"。这"浓"，除了有树阴稠密之意外，还有深浅之"深"意在内，即树阴密且深。第二句"楼台倒影入池塘"写诗人看到池塘内的楼台倒影。夏日午时，晴空骄阳，一片寂静，池水清澈见底，映在塘中的楼台倒影十分清晰，"入"字用得传神、贴切。第三句"水晶帘动微风起"是诗中最含蓄精巧的一句。烈日下的池水晶莹透澈，微风吹来,水光潋滟,碧波粼粼。观赏景致的诗人先看见池水波动,然后才感觉到风,体现出了夏日微风不易令人察觉的特点。诗的最后一句"满架蔷薇一院香"又为那幽静的景致增添了鲜艳的色彩、醉人的芬芳,使全诗洋溢着夏日特有的生气。

此诗写夏日风光,用绿树阴浓、楼台倒影、池塘水波、满架蔷薇构成了一幅色彩鲜丽、情调清和的图画。独特的视角让读者仿佛也看到了那座山亭和那位悠闲自在的诗人。

《山亭夏日》意境图(局部)

第五篇　阴阴夏木啭黄鹂

积雨辋川庄作
〔唐〕王维

积雨空林烟火迟,
蒸藜炊黍饷东菑。
漠漠水田飞白鹭,
阴阴夏木啭黄鹂。
山中习静观朝槿,
松下清斋折露葵。
野老与人争席罢,
海鸥何事更相疑。

　　每到夏季,我就会回忆起自己童年时代在故乡西安和小伙伴们到大院后边的田野去看夏日风景的情景,说来惭愧,在故乡长大,却作不来一首能够描绘夏日西安的诗或词。直到读了王维的《积雨辋川庄作》,才了却了我少时的遗憾。

　　此诗以鲜丽的色彩描绘出夏日久雨初停后关中平原上美丽繁忙的景象。前四句写诗人静观所见,后四句写诗人的隐居生活。诗人把自己幽雅清淡的禅寂生活与辋川恬静优美的田园风光结合起来,创造出一个物我相惬、情景交融的意境。全诗写景生动真切,生活气息浓厚,如同一幅淡雅的水墨画,表现了诗人隐居山林、脱离尘俗的闲情逸致。

《积雨辋川庄作》意境图

  首联先写空林烟火，一个"迟"字，不仅把阴雨天的炊烟写得十分真切传神，而且透露了诗人闲散安逸的心境；再展现一系列人物的活动画面，秩序井然而富有生活气息。颔联写自然景色，白鹭飞行，黄鹂鸣啭，一则取动态，一则取声音，两种景象互相映衬，互相配合，把积雨天气的辋川山野写得画意盎然。颈联表明诗人从世人觉得孤寂的景色中领略到极大的兴味。尾联借用了《庄子·寓言》和《列子·黄帝》中的两个典故，表示自己随缘任遇，与世无争。

  这首七律形象鲜明，意味深远，表现了诗人隐居山林、脱离尘俗的闲情逸致，流露出诗人对淳朴田园生活的深深眷恋，是王维田园诗的一首代表作。

第六篇　荷风送香气

夏日南亭怀辛大
〔唐〕孟浩然

山光忽西落，池月渐东上。
散发乘夕凉，开轩卧闲敞。
荷风送香气，竹露滴清响。
欲取鸣琴弹，恨无知音赏。
感此怀故人，终宵劳梦想。

《夏日南亭怀辛大》是唐代诗人孟浩然的作品。此诗描绘了诗人夏夜乘凉的悠闲自得，抒发了对老友的怀念。一、二句写夕阳西下与池月东升，为纳凉设景，由景入咏；三、四句写沐后洞开亭户，散发纳凉，表现闲情适意；五、六句由嗅觉、听觉两方面继续写纳凉的真实感受；七、八句写由于恬淡闲适的心境而想到弹琴，想到"知音"，从纳凉过渡到怀人；最后两句写希望友人能在身边共度良宵，带看情绪睡去竟梦中相会。全诗写景细腻入微，语言流畅自然，情境浑然一体，诗味醇厚，给人一种清闲之感。

《夏日南亭怀辛大》意境图

第七篇　映日荷花别样红

晓出净慈寺送林子方
〔南宋〕杨万里

毕竟西湖六月中，
风光不与四时同。
接天莲叶无穷碧，
映日荷花别样红。

我们常说"沐春风而思飞扬，凌秋云而思浩荡"。的确，在中国古诗词中，被后人称赞最多的是描绘春秋的篇章，以至于文化学者于丹把这种现象归结为："在中国，特别是在中原文化发轫的黄河流域，相比于酷暑严冬，温暖的春、凉爽的秋，更适合于中国人的诗情。"但是，我们的古诗词不仅有春、有秋，也有冬、有夏。于是，在炎热的六月里，南宋诗人杨万里写出了碧荷满纸，红蕖生辉，有吞吐万里之势的歌咏夏天的千古名篇《晓出净慈寺送林子方》。

此诗通过描写六月西湖的美丽景色，曲折地表达对友人林子方的不舍之情。首句以"毕竟"二字领起，看似突兀，实际造句大气,既协调了平仄,又强调了惊喜之余内心的独特感受。然后诗人以互文手法,着力表现在一片无穷无尽的碧绿之中那红得"别样"、娇艳迷人的荷花,将六月西湖那迥异于平时的绮丽景色写得十分传神。

　　此诗虚实相生,刚柔并济,笔墨看似平淡,却给人以无尽回味。

《晓出净慈寺送林子方》意境图

第八篇　青山独归远

送灵澈上人

〔唐〕刘长卿

苍苍竹林寺，
杳杳钟声晚。
荷笠带斜阳，
青山独归远。

在描写夏天景致的古诗词中，唐代诗人刘长卿的《送灵澈上人》给我留下了深刻的印象。这首五言绝句借景抒情，构思精巧，语言精练，朴素秀美，意境闲淡，是一首感情深沉的送别诗，也是一幅构图美妙的景物画，为唐代山水诗的名篇。

灵澈上人是中唐时期一位著名诗僧，在会稽云门山云门寺出家，诗中的竹林寺在润州（今江苏镇江），是灵澈此次游方歇宿的寺院。这首诗写傍晚时分，诗人送灵澈返回竹林寺途中的情景。

诗的前两句写苍苍山林中的灵澈归宿处，寺院的钟声说明时间已晚，仿佛催促灵澈归山。后两句写灵澈辞别归去的情景。灵澈戴着斗笠，披着夕阳余晖，独自向青山走去，越来越远。诗中虽只写行者，未写送者，但诗人久久伫立、目送友人远去的形象却跃然纸上。全诗表达了诗人对灵澈的深挚情谊，也表现出灵澈归山的清寂风度。

《送灵澈上人》意境图

第九篇　凭栏十里芰荷香

鄂州南楼书事
〔北宋〕黄庭坚

四顾山光接水光，
凭栏十里芰荷香。
清风明月无人管，
并作南楼一味凉。

　　《鄂州南楼书事》描述的是诗人黄庭坚于夏夜登楼远眺的情景。那天晚上，诗人登上武昌蛇山顶端高高的南楼乘凉。他倚栏而望，明月已近中天，皎洁的清辉倾泻而下。四面的山光与水光相连相映，一片通明；方圆十数里盛开着芰（菱）花、荷花，凉爽的夜风中，不断有淡淡的芳香扑面而来。

　　十里芰荷、南楼清风、空中明月，远方近处、天上地下，作者以南楼为中心，构成一个高远、富有立体感的艺术境界。山光、水光、芰香、荷香、微风把读者的视觉、嗅觉、听觉、味觉、触觉种种功能统统调动起来，使其共同领略南楼的夜景之美。此情此景，令人如临其境，这便是作品的艺术魅力，诗人的艺术追求了。

　　黄庭坚人生道路崎岖坎坷，由于遭人陷害中伤，曾被贬官在蜀中六年之久；召回才几个月，又被罢官来武昌闲居。当夜纳凉南楼，眼见明月清风，无拘无束，想到自己每欲有所作为，却是报国无门，怅恨之情，潜滋暗长。"清风明月无人管"，正是诗人这种心绪的自然流露。

《鄂州南楼书事》意境图

第十篇　人散后，一钩淡月天如水

千秋岁·咏夏景
〔北宋〕谢无逸

楝花飘砌。簌簌清香细。梅雨过，萍风起。情随湘水远，梦绕吴峰翠。琴书倦，鹧鸪唤起南窗睡。

密意无人寄。幽恨凭谁洗？修竹畔，疏帘里。歌余尘拂扇，舞罢风掀袂。人散后，一钩淡月天如水。

词有浓有淡。浓的词，真是可以"浓得化不开"；而淡的词，就算写愁苦、写情爱，也只是轻描淡写，自有一种高远的意境。

谢无逸的这首《千秋岁·咏夏景》就是典型的淡词，一个"淡"字是全词主旨。词的第一个意象是楝花。楝花春末夏初开花，由此可知时序当为初夏，起首两字便点题。头两句在嗅觉、视觉、听觉上营造了精致的意境。接下来，"梅雨"再次点题。梅雨既点时令，又点天气。雨后写风起，但作者不说风，非要说"萍风"。萍乃是聚散无常之物，萍之聚散，往往令人想起人之聚散。因此，词的主人公看见萍，不禁想起远方的人。这样，自然而然就有了下两句——我的情随那人远去，我的梦亦追随那人而去。在这里，湘水、吴峰并非实际指这两个地方，而是作为一种意境出现，

《千岁秋·咏夏景》意境图

意谓他思念的人在远处,隔着重重山水。此处,词已渐入空灵之境。下一句"琴书倦"承接"梦"而来。倦而入睡,睡而入梦,梦而思人。此处呼应上文楝花清香,有风入,方能闻到花香。继而又呼应萍风,上片由起句到结句前后照应,结构缜密。

下片笔锋绕回来又写思念。"密意无人寄。幽恨凭谁洗?"是全篇最浓之句,只有此句之浓,才能衬出后几句之淡。"歌余尘拂扇,舞罢风掀袂",原来主人公在竹边举办了一场宴会,载歌载舞。然而,他却不写热闹的歌舞,只写歌唱完了有微尘落在扇子上,舞跳完了还有微风掀动衣袖。生活中最安静的时刻,就是由动入静的那一刹那,谢无逸写的就是那一刹那的变化,那一刹那的心境。"人散后,一钩淡月天如水。"有聚才有散,他不写聚,只写散,主旨"淡"到最后一句才点出,整首词好像都安静了下来。

第十一篇　别院深深夏簟清

夏意

〔北宋〕苏舜钦

别院深深夏簟清，
石榴开遍透帘明。
树阴满地日当午，
梦觉流莺时一声。

夏日的午睡，在诗人的笔下似乎是一种充满魅力的题材，自从陶渊明的"五六月中，北窗下卧，遇凉风暂至，自谓是羲皇上人"名言传世后，午睡的各种情趣不断出现在诗中。宋代诗人苏舜钦这首《夏意》所表现的也是这一主题。

这首七言绝句的前三句描写的是午睡前，着力写午睡场所、午睡环境、午睡条件等，力图在炎热的夏天描绘出一个清幽的世界。末句是午睡后，不直接写午睡，而是用梦醒后偶尔的莺声衬托出宁静舒适，暗含午睡时的惬意恬静，用笔活泼跳脱。本诗句句切合夏日，不断利用色彩来表现景物，表达诗人满足的心情。

值得一提的是，该诗中的第一、第二句"别院深深夏簟清，石榴开遍透帘明"与唐代常建的"曲径通幽处,禅房花木深"颇为相似,但常建的诗写出世之想,寂灭之感,而这首诗却洒脱不羁。欧阳修称苏舜钦"雄豪放肆",故虽同写清景,却能清而不弱,别具一格。

《夏意》意境图

第十二篇　玉人罗扇轻缣

天净沙·夏

〔元〕白朴

云收雨过波添，
楼高水冷瓜甜，
绿树阴垂画檐。
纱厨藤簟，
玉人罗扇轻缣。

《天净沙·夏》是元曲作家白朴创作的小令。此曲运用写生手法，勾画出一幅宁静的夏日图。前三句描绘出云收雨霁、水凉瓜甜、树阴垂檐的画面，后两句描写消受着宜人时光的"玉人"。整首小令中没有人们熟悉的夏天燥热、喧闹的特征，描绘了一个静谧、清爽的情景，使人产生神清气爽的感觉。全曲运用白描手法，洗净铅华，选景精当，语言简洁，显示了作者的艺术功力。

小令中写到的纱帐、藤簟、罗扇、绢衣，都是一个闺阁女子的香艳、富于色彩的物件，然而，作者却有意识地忽略色彩，似乎这些东西都是素净的。作者特意选择雨后的片刻描写，营造素朴、宁静、凉爽的氛围，给人一种清爽、恬静、悠闲的感受。

《天净沙·夏》意境图

第十三篇　碧艾香蒲处处忙

小重山·端午
〔元〕舒頔

碧艾香蒲处处忙。谁家儿女，庆端阳？细缠五色臂丝长。空惆怅，谁复吊沅湘？

往事莫论量。千年忠义气，日星光。离骚读罢总堪伤。无人解，树转午阴凉。

关于端午节的诗词歌赋有很多，我以为元代文学家舒頔的《小重山·端午》颇有特点。

上阕从"碧艾香蒲"入笔，"处处忙"道出了端午时节的忙碌，描摹出一幅合家团圆共度佳节的温馨图景，展现了中华民族在节日之中共享天伦的乐趣。上阕的最后两句"空惆怅，谁复吊沅湘"，将全词提升到一个新的境界，为下阕的悼念屈原奠定了基调，为抒情作了铺垫。"谁复吊沅湘"交代了"空惆怅"的缘由，原来人们忙着过端午，而忘却了这个特殊节日所蕴含的历史文化内涵，几乎没有人记得那位爱国诗人屈原了。作者有感而发，直指俗弊，与节庆的热闹形成鲜明的对比。

下阕作者仍然运用对比手法，写追悼屈原之情思。"往事莫论量"，确实，千年已过，人们记住最多的不是屈原的《离骚》，而是其汨罗江投河自尽的忠义气节。"千年忠义气，日星光"，将屈原的千古大义与日星之光相提并论，并不为过，大忠大义，理当被永世铭记。"离骚读罢总堪伤"一句不单单写出了作者对屈原大义的崇敬，还道出了文人的惺惺相惜。"无人解"则抒发了作者不为世俗理解的孤寂落寞情怀。结尾以景结情，情在景中，余韵悠长。

《小重山·端午》意境图

第十四篇　东边日出西边雨

竹枝词二首·其一

〔唐〕刘禹锡

杨柳青青江水平，
闻郎江上唱歌声。
东边日出西边雨，
道是无晴却有晴。

端午过完，天气正式进入了"孩子的脸"阶段，雷阵雨成了梅雨之外的地区最常见的天气，这种雨骤来疾去，降雨范围小，有"夏雨隔田坎"之说。唐朝诗人刘禹锡的《竹枝词二首·其一》描写的正是"晴天里的夏日雨"这种奇妙的景象。

"竹枝词"是古代四川东部的一种民歌，人们边舞边唱，用鼓和短笛伴奏。赛歌时，谁唱得最多，谁就是优胜者。刘禹锡学习屈原作《九歌》的精神，采用了当地民歌的曲谱，制成新的"竹枝词"，描写当地山水风俗和男女爱情，富于生活气息。这种词体裁和七言绝句一样，但在写作上多用白描手法，少用典故，语言清新活泼，生动流畅，民歌气息浓厚。

本诗首句描写少女眼前所见景物,用的是起兴手法。第二句是叙事,写这位少女在听到情郎的歌声时起伏难平的心潮。最后两句是两个巧妙的隐喻,用的是语意双关的手法。既写了江上阵雨天气,又把这个少女的迷惑、眷恋和希望等一系列心理活动巧妙地描绘出来,以"晴"喻"情",十分贴切地表现出女子那种含羞不露的内在感情,成为后世人们所喜爱的佳句。

《竹枝词二首·其一》意境图

第十五篇　叶上初阳干宿雨

苏幕遮·燎沉香
[北宋] 周邦彦

燎沉香，消溽暑。鸟雀呼晴，侵晓窥檐语。叶上初阳干宿雨，水面清圆，一一风荷举。

故乡遥，何日去？家住吴门，久作长安旅。五月渔郎相忆否？小楫轻舟，梦入芙蓉浦。

　　周邦彦，钱塘人，婉约词之集大成者，在审订词调方面做了不少精密的整理工作，在填词技巧上有不少创举。他开创格律派的先河，为丰富词的艺术形式作出了重要贡献。

　　这首《苏幕遮·燎沉香》是周邦彦描写夏天的词，上阕先写室内燎香消暑，继写屋檐鸟雀呼晴，再写室外风荷摇摆，语言活泼清新，结构意脉连贯自然，视点变换极具层次。词中对荷花的传神描写被王国维《人间词话》评为"真能得荷之神理者"，为写荷之绝唱。下阕直抒胸怀，不加雕饰，表现作者旅泊长安，思乡情切。"五月渔郎相忆否"，主客移位，更加衬托出作者对家乡亲朋的思念。结语两句，"小楫轻舟，梦入芙蓉浦"，以虚构的梦景作结，虽虚而实，变幻莫测。

《苏幕遮·燎沉香》意境图

第十六篇　长夏村墟风日清

夏日三首·其一
〔北宋〕张耒

长夏村墟风日清，
檐牙燕雀已生成。
蝶衣晒粉花枝舞，
蛛网添丝屋角晴。
落落疏帘邀月影，
嘈嘈虚枕纳溪声。
久斑两鬓如霜雪，
直欲渔樵过此生。

此诗是张耒罢官闲居乡里之作。首句写对农村夏日的总印象。炎夏令人烦躁，难得有清爽的环境。清，内涵可以是多方面的，清静、清幽、清和、清凉、清闲，等等。因此，循"清"字往下看，诗所写的种种景象都体现了环境的清和心境的清。如次句"檐牙燕雀已生成"，春去夏来，幼雀雏燕整天在房檐前飞舞鸣叫，似乎有点喧闹，但禽鸟之所以能嬉闹于屋前，是因为农村环境清幽而无尘嚣。至于颔联写蝴蝶晒粉于花间，蜘蛛因天晴添丝于屋角，则更显得环境幽静至极，有一种清凉和谐之感。颈联写夜晚：帘是"疏帘"，枕是"虚枕"，可见环境之清虚寂静。月影、溪声本已带清凉之感，而诗人又是于枕上感受到这一切的，则心境之清，更不言而喻。末两句为水到渠成之笔：诗人久甘庸碌，已经两鬓如霜，而农村环境又如此宜人，于是想在村野中过此一生。

《夏日三首·其一》意境图

第十七篇　水花晚色静年芳

鹧鸪天·赏荷

〔金〕蔡松年

秀樾横塘十里香，
水花晚色静年芳。
胭脂雪瘦熏沉水，
翡翠盘高走夜光。

山黛远，月波长，
暮云秋影蘸潇湘。
醉魂应逐凌波梦，
分付西风此夜凉。

　　夏日赏荷是文人的最爱，我今天要为朋友们介绍的是蔡松年的《鹧鸪天·赏荷》。

　　蔡松年，字伯坚，金代文学家。其作品风格隽永清丽，词作尤负盛名。这首赏荷词，词风清雅，如月下荷塘，暗香袭人。赏荷而不仅见荷，天光云影、山容水态皆入眼帘，处处都营造出一种赏荷时恬淡温馨的氛围。

　　该词描写的是夏末时节，黄昏月下的荷塘景色。上片写清秀稀疏的树影环绕着十里横塘，夜晚的荷花婷婷独立散发着芳香；近处荷花红白相间，荷叶水珠晶莹，细节令人沉醉。下片写水边群山、荷上明月,山黛空蒙,月波流转,融成一个清幽朦胧的境界。面对如此美景,作者不由发出感叹,良宵美景君应赏,别负青春美少年。

《鹧鸪天·赏荷》意境图

第十八篇　荷叶罗裙一色裁

采莲曲二首·其二

〔唐〕王昌龄

荷叶罗裙一色裁，
芙蓉向脸两边开。
乱入池中看不见，
闻歌始觉有人来。

《采莲曲二首·其二》是唐代诗人王昌龄的组诗作品之一，诗人以写意手法，表现采莲女子的整体形象，将采莲少女置于田田荷叶、艳艳荷花丛中，使少女与大自然融为一体，令全诗具有一种引人遐想的优美意境。

本诗首句描写采莲少女置身莲池，荷叶与罗裙一色，显得生动喜人，兼有素朴和美艳的风致。次句的芙蓉即荷花，说采莲少女的脸庞掩映在盛开的荷花中间，看上去鲜艳的荷花好像正朝着少女的脸庞开放。把这两句联成一体，在那一片绿荷红莲丛中，采莲少女简直就是美丽的大自然的一部分。这描写既具有真切的生活实感，又带有浓郁的童话色彩。

第三句"乱入池中看不见",所写的是伫立凝望者在刹那间所产生的一种人花莫辨、是耶非耶的感觉,一种变幻莫测的惊奇与怅惘。然而,正当诗人踟蹰怅惘、望而不见之际,莲塘中歌声四起,忽又恍然大悟,"看不见"的采莲女子仍在这田田荷叶、艳艳荷花之中。这一描写更增加了画面的生动意趣。而采莲少女充满青春活力的欢乐情绪也洋溢在这荷塘之中,给读者留下了悠然不尽的情味。

《采莲曲二首·其二》意境图

第十九篇　长夏江村事事幽

江村

〔唐〕杜甫

清江一曲抱村流，
长夏江村事事幽。
自去自来梁上燕，
相亲相近水中鸥。
老妻画纸为棋局，
稚子敲针作钓钩。
但有故人供禄米，
微躯此外更何求？

唐肃宗上元元年（760）夏，杜甫在朋友的资助下于四川成都郊外的浣花溪畔盖了一间草堂，在饱经战乱之苦后生活暂时得到安宁，妻子儿女同聚一处，重新获得了天伦之乐。这首《江村》正作于这期间。

首联摹村景，一条曲曲折折的江水环绕着村子静静流淌，水色清澈，整个村庄都是那么幽静。"清江"即成都的浣花溪，"抱村流"用拟人的手法写出了它的可爱，同时也呼应了"江村"的诗题。颔联写新建的草堂里有顽皮的小燕子轻快地飞来飞去，江上有两只白鸥在轻柔地浮游，它们时而交颈而鸣，时而追逐着在水面上打着圈儿。颈联捕捉到生活中最普通的画面，表现出亲情的温暖和生活的闲适美好。尾联诗人从眼前和乐安宁的生活场景中发出感叹：有老朋友赠送我粮食和他的俸禄，我这个平凡卑贱的人还有什么可求的呢？这两句看似庆幸、表示满足的话，仔细读来却暗含着悲苦和辛酸。杜甫能够居住在成都草堂，全赖友人的帮助，其语言越是平静从容，越是让读者心感酸楚。诗人说得这样闲淡，仿佛他的心头已经不再有生活的阴霾，再也不愿去接触那些纷扰和喧嚣了。

《江村》意境图

第二十篇　绿槐高柳咽新蝉

阮郎归·初夏

〔北宋〕苏轼

绿槐高柳咽新蝉，
薰风初入弦。
碧纱窗下水沉烟，
棋声惊昼眠。

微雨过，小荷翻，
榴花开欲然。
玉盆纤手弄清泉，
琼珠碎却圆。

　　《阮郎归·初夏》是北宋文学家苏轼的词作，表现了女主人公初夏时节的闺阁生活。词的上片写静之美，却从听觉入手，以声响衬环境之寂；下片写动之美，却从视觉落笔，用一幅幅无声画来展示大自然的生机，营造出一种清丽欢快的情调，显得淡雅清新而又富于生活情趣。全词注意景物描写、环境描写和人物描写的交叉运用，获得了极好的艺术效果。

　　在苏轼之前，写女性的闺情词总离不开相思、孤闷、倦怠等弱质愁情，可是苏轼写的闺情却不是这样。女主人公单纯、天真、无忧无虑，她热爱生活，热爱自然，愿把自己融化在大自然的美色之中。这是一种健康的女性美，与初夏的勃勃生机构成一种和谐的情调。

《阮郎归·初夏》意境图

第二十一篇　翠减红衰愁杀人

赠荷花

〔唐〕李商隐

世间花叶不相伦，
花入金盆叶作尘。
惟有绿荷红菡萏，
卷舒开合任天真。
此花此叶长相映，
翠减红衰愁杀人。

《赠荷花》为唐代著名诗人李商隐所作，诗人通过展现摘花的人们常常取其花而抛其叶的行为，说明这些人看似爱花，却不懂得红花还须绿叶衬的道理，表达了自己渴求知己，寻求政治依托的心声。

一开头，诗人并没有直接从荷花着笔，而是先写其他花与叶的关系：世上的人对待花和叶是不一样的，把娇花栽在盆中观赏却抛弃枝叶。随后表示只有荷花红苞绿叶相配才完美。荷叶之卷舒，荷花之开合，相互映衬，自然而然，美丽无比。诗的最后两句，既写出了诗人的期望，也写出了诗人的隐忧：表面上说但愿这美丽的荷花与那碧绿的荷叶长久共存、相互映衬、形影不离。实际上的

《赠荷花》意境图

意思是一方面担心时不我与，双方年老色衰，但愿青春常驻；另一方面是担心知己与"我"的感情"变色"，出现意外让人不堪忍受。所以，这是诗人在向知己表白心志。

这首诗明里句句都是写花，但实际上句句都是写人，借荷花抒发了自己的心愿与忧虑，委婉含蓄，耐人寻味，在众多的咏物诗中实属上乘之作。

第二十二篇　月照平沙夏夜霜

江楼夕望招客
〔唐〕白居易

海天东望夕茫茫，
山势川形阔复长。
灯火万家城四畔，
星河一道水中央。
风吹古木晴天雨，
月照平沙夏夜霜。
能就江楼消暑否？
比君茅舍较清凉。

唐穆宗长庆三年（823年），白居易任杭州刺史，这首《江楼夕望招客》是当时招朋友夜饮的即兴之作。这是一首格律工整的七言律诗，以描写景色和赏景的感受为中心。描写景色的层次极为分明，犹如讲究透视法的水粉画一般。

首联突出了登高夕望的气势，重点写山水，山连水，水接天，延绵雄阔。颔联俯瞰夜色中的光和亮，万家灯火与一道星河交相辉映，装点了钱塘的景色。颈联夹杂感官的错觉，用比喻和夸张手法写风月：风吹树叶之声颇似沙沙秋雨，月照平沙疑是洁白如霜。同时，诗人又在字面上提醒读者，此时正值暑"夏""晴"夜，很自然地引出尾联主宾夜饮的对话，扣住了

"招客"的题意。

如果把此诗比作一幅江楼夕望的画图,那么,诗的构思则是作画的顺序,景色由远而近,而感觉则愈来愈细,真可谓"坐驰可以役万景",既有眼力,又有笔力。

《江楼夕望招客》意境图

第三季 秋之篇

第一篇　空山新雨后

山居秋暝
〔唐〕王维

空山新雨后，
天气晚来秋。
明月松间照，
清泉石上流。
竹喧归浣女，
莲动下渔舟。
随意春芳歇，
王孙自可留。

秋天是一年四季中最美的季节。霜林醉红，丽日高照，长空如下，云淡风轻。天宇变得深邃旷远、明净疏朗，朵朵白云伸手可摘。秋景、秋色、秋声、秋意，不知激发了古今多少诗人、词人的灵感，留下无数辞赋华章。咏秋几乎成了中国的一种文化传统。

草木从早春的鲜嫩，经历酷暑，到秋天变得鲜艳，把它最美的状态呈现在天地之间。那么，就让我们从王维的《山居秋暝》开始，拉开第三季《秋之篇》的序幕吧。

这首诗写初秋时节山居所见雨后黄昏的景色，当是王维隐居终南山时所作。

"空山新雨后，天气晚来秋"，诗中明确写有浣女渔舟，诗人却下笔说是"空山"。这是因为山中树木繁茂，掩盖了人们活动的痕迹，"空山"两字点出此地犹如世外桃源，山雨初霁，万物为之一新，又是初秋的傍晚，空气之清新，景色之美妙，可以想见。

"明月松间照，清泉石上流"，天色已暝，却有皓月当空；群芳已谢，却有青松如盖。山泉清冽，淙淙流泻于山石之上，犹如一条洁白无瑕的素练，在月光下闪闪发光，充满了幽清明净的自然美。王维的《济上四贤咏》曾经赞叹两位贤士的高尚情操，谓其"息阴无恶木，饮水必清源"。诗人自己也是这种心志高洁的人，这月下青松和石上清泉，正是他所追求的理想境界。这两句写景如画，随意洒脱。"竹喧归浣女，莲动下渔舟"，竹林里传来了一阵阵欢歌笑语，那是一些天真无邪的姑娘洗罢衣服归来了；亭亭玉立的荷叶分向两旁，掀翻了无数珍珠般晶莹的水珠，那是顺流而下的渔舟划破了荷塘月色的宁静。在这青松明月之下，在这翠竹青莲之中，生活着这样无忧无虑、勤劳善良的人们。这纯洁美好的生活图景，反映了诗人过安静纯朴生活的理想，同时也从反面衬托出他对污浊官场的厌恶。这两句写得很有技巧，而用笔不露痕迹，使人不觉其巧。诗人先写"竹喧""莲动"，因为浣女隐藏在竹林之中，渔舟被莲叶遮蔽，起初未见，等听到竹林喧声，看到莲叶分开，才发现浣女、莲舟。这样写更富有真情实感，更富有诗意。

诗的中间两联同是写景，但各有侧重。颔联侧重写物，以物芳而明志洁；颈联侧重写人，以人和而望政通。同时，二者又互为补充，泉水、青松、翠竹、青莲，可以说都是诗人高尚情操的写照，都是诗人理想境界的环境烘托。

既然诗人是那样的高洁，而他在那貌似"空山"之中又找到

〔北宋〕范宽 《秋林飞瀑图》（局部）

了一个称心的世外桃源,所以就情不自禁地说:"随意春芳歇,王孙自可留。"《楚辞·招隐士》说:"王孙兮归来,山中兮不可久留。"诗人的体会恰好相反,他觉得"山中"比"朝中"好,洁净纯朴,可以远离官场而洁身自好,所以就决然归隐了。

  这首诗的一个重要艺术手法是以自然美来表现诗人的人格美和一种理想中的社会之美。表面看来,这首诗只是用"赋"的方法对景物作细致感人的刻画,实际上通篇都是比兴。诗人通过对山水的描绘寄情言志,含蕴丰富,耐人寻味。

第二篇　湖光秋月两相和

望洞庭

〔唐〕刘禹锡

湖光秋月两相和，
潭面无风镜未磨。
遥望洞庭山水翠，
白银盘里一青螺。

秋天是美丽的，我们很少形容"夏光"或"冬色"，但我们从不吝惜赞美"秋色"和"秋光"，可见这个季节一直流淌着色彩，闪耀着光芒。

按照中国玄学的说法，秋天在五行中属金，因而秋天常被称为金秋。春耕秋收，春华秋实，秋天，是一个收获的季节。在落英飞舞的同时，人们收获着金灿灿的稻穗和黄澄澄的果实。此外，秋天代表的方位为西，春风常被称为东风，与之相对应，秋风则被称为西风。君不见西风在吹落一树枯叶的同时不也染红了万山霜叶吗？于是，抱负非凡的唐朝诗人刘禹锡写的那首七言绝句"自古逢秋悲寂寥，我言秋日胜春朝。晴空一鹤排云上，便引诗情到碧霄"（《秋词》），则可视为对秋天的礼赞。今天我为朋友们朗读和赏析一首唐代诗人刘禹锡所作的七言绝句《望洞庭》。此诗表达了诗人对秋季洞庭湖之景的喜爱和赞美之情。

诗中描写了秋夜月光下洞庭湖的优美景色。微波不兴，平静秀美，分外怡人。诗人飞驰想象，以清新的笔调，生动地描绘出洞庭湖水宁静、祥和的朦胧美，勾画出一幅美丽的洞庭山水图。既表现了诗人对大自然的热爱，也表现了诗人壮阔不凡的气度和高卓清奇的情致。

诗从一个"望"字着眼，"水月交融""湖平如镜"，是近望所见；"洞庭山水""犹如青螺"，是遥望所得。虽都是写望中景象，差异却显而易见。近景美妙、别致；远景迷濛、奇丽。潭面如镜，湖水如盘，君山如螺。银盘与青螺相映，明月与湖光互衬，更觉情景相融、相得益彰。诗人笔下的君山犹如镶嵌在洞庭湖上的一颗精美绝伦的翡翠，美不胜收。

这首诗首句描写澄澈的湖水与素月青光交相辉映，犹如琼田玉鉴，展现出一派空灵、缥缈、宁静、和谐的景象。"和"字精妙凝练，表现出水天一色、玉宇无尘的画境。

第二句描绘湖上无风，迷迷蒙蒙的湖面宛如未经磨拭的铜镜。"镜未磨"三字十分形象、贴切地表现了千里洞庭风平浪静、安宁温柔的景象，在月光下别具一种朦胧美。因为只有"潭面无风"，波澜不惊，湖光和秋月才能两相协调。否则，湖面狂风怒号，浊浪排空，湖光和秋月便无法辉映成趣，也就没有"两相和"可言了。

第三、四句，诗人的视线从广阔的湖光月色的整体画面集中到君山一点。在皓月银辉之下，洞庭山愈显青翠，洞庭水愈显清澈，山水浑然一体。远远望去，如同一个雕镂剔透的银盘里，放

［元］赵孟頫《洞庭东山图》（局部）

了一颗小巧玲珑的青螺，十分惹人喜爱。诗人笔下秋月之中的洞庭山水，变成了一件精美绝伦的艺术珍品，给人以莫大的艺术享受。"白银盘里一青螺"，真是匪夷所思的妙句。此句的巧妙之处，不仅表现在设譬上，还表现在诗人壮阔不凡的气度上，寄托了诗人高卓清奇的情致。

第三篇　气势两相高

长安秋望
〔唐〕杜牧

楼倚霜树外，
镜天无一毫。
南山与秋色，
气势两相高。

　　这是一曲秋天的赞歌。题为"长安秋望"，重点却不在最后的"望"字上，而是赞美远望中的长安秋色，"秋"的风貌才是诗人要表现的直接对象。

　　"楼倚霜树外"，是说作者所登上的高楼"倚树"矗立（注意树前的"霜"字和树后的"外"字），"霜"给人的印象是薄白净洁。"外"含两个意思：一是旁，一是上。合而观之，是诗人登楼鸟瞰，产生了一种楼高出树顶的感受。楼立霜树之上，人立高楼之上，创造出一种清高兀立的意境，并暗点题目。"镜天无一毫"，这句写仰首所见，很形象。镜子似的天空，明净得连一根细微的毫毛也没有，看不见一丝云影，看不见一点风尘。意境极为高远明净,寥廓清空,令人胸襟开朗,芥蒂一扫。"南山与秋色,气势两相高",在天高气清的秋日,遥望终南山,更觉得其高峻巍峨,耸立天际,气势高远。篇末的"高"字,点出了诗人心中所仰慕的是万般"秋色"中那种高远无极的气象。

"高"是这首五言诗的诗眼,全诗各句都围绕着这个关键性的字眼着笔设景。楼高于树,山高于楼,天高于山,诗人采用以实托虚、以意写神的手法,轻描淡写地勾勒出秋日天空高高在上的神态气色,使人感到高得寥廓无极、深邃明净、虚无空灵、浩渺雄浑。

〔宋〕刘松年《秋窗读书图》(局部)

第四篇　峨眉山月半轮秋

峨眉山月歌
〔唐〕李白

峨眉山月半轮秋，
影入平羌江水流。
夜发清溪向三峡，
思君不见下渝州。

　　这首诗是年轻的李白初离蜀地时的作品，意境明朗、语言浅近、音韵流畅。

　　诗从"峨眉山月"写起，点出远游的时令是秋天。"秋"字因入韵关系倒置句末。秋高气爽，月色清明。以"秋"字形容月色之美，信手拈来，自然入妙。月只"半轮"，使人联想到青山吐月的优美意境。"入"和"流"两个动词构成连动式谓语，意言月影映入江水，又随江水流去。生活经验告诉我们：定位观水中月影，任凭江水怎样流，月影却是不动的。"月亮走，我也走"，只有观者顺流而下，才会看到"影入江水流"的妙景。所以此句不仅写出了月映清江的美景，同时暗点秋夜行船之事，意境可谓空灵入妙。

　　次句境中有人，第三句中人便露面：他正连夜从清溪驿出发进入岷江,向三峡驶去。"仗剑去国,辞亲远游"的青年,乍离乡土,对故国故人难免恋恋不舍。江行见月,如见故人。然而明月毕竟不是故人,于是只能"仰头看明月,寄情千里光"了。末句"思君不见下渝州"表现了依依惜别的无限情思,可谓语短情长。

峨眉山—平羌江—清溪—渝州—三峡,诗境就这样渐次为读者展开了一幅千里蜀江行旅图。除"峨眉山月"外,诗中几乎没有更具体的景物描写;除"思君"二字外,也没有更多的抒情。然而"峨眉山月"这一集中的艺术形象贯穿整个诗境,由它引发的意蕴相当丰富:山月与人万里相随,夜夜可见,使"思君不见"的感慨愈加深沉。

〔宋〕夏圭《烟岫林居图》(局部)

第五篇　居高声自远

蝉
〔唐〕虞世南

垂绥饮清露，
流响出疏桐。
居高声自远，
非是藉秋风。

唐代诗人虞世南的《蝉》是一首托物寓意的小诗，也是唐人咏蝉诗中最早的一首，甚为后世称道。

首句"垂绥饮清露"，表面上是写蝉的形状与食性，实际上处处含比兴象征。"垂绥"暗示贵宦身份。这显贵的身份在一般人心目中是和"清"有矛盾甚至不相容的，但在作者笔下，却把它们统一在"垂绥饮清露"的形象中。这"贵"与"清"的统一，正是为三四两句的"清"无须藉"贵"作铺垫，笔意颇为巧妙。

次句"流响出疏桐"写蝉声之远传。梧桐是高树，着一"疏"字，更见其枝干的高挺清拔，且与末句"秋风"相呼应。"流响"状的蝉声长鸣不已，悦耳动听，这一"出"字，把蝉声传送的意态形象化了，使人仿佛感受到蝉声的响度与力度。这一句虽只写声，但读者从中却可想象人格化了的蝉那种清华隽朗的高标逸韵。

"居高声自远，非是藉秋风"，这是全篇比兴寄托的点睛之笔。它是在前两句的基础上引发出来的议论。蝉声远传，一般人往往以为是借助于秋风的传送，诗人却独具匠心，强调这是由于"居高"而自能致远。这种独特的感受蕴含一个道理：立身品格高洁的人，并不需要某种外在的凭借，自能声名远播。两句中的"自"字、"非"字，一正一反，相互呼应，表达出对人的内在品格的热情赞美和高度自信，表现出一种自得与坦然。

〔当代〕景浩《蝉》（局部）

第六篇　巴山夜雨涨秋池

夜雨寄北

〔唐〕李商隐

君问归期未有期，
巴山夜雨涨秋池。
何当共剪西窗烛，
却话巴山夜雨时。

这首七言绝句阐发了李商隐的孤寂情怀和对家乡亲友深深的怀念。但与其他诗人思念亲人所表现的伤感、愁苦不同，李商隐当时虽然也孤寂，但表露的却是期待来日重逢时的欢愉之情。这首诗构思新巧，跌宕有致，言浅意深，语短情长，有一种沧桑过后的淡泊与温暖。

这首诗的第一句一问一答，先停顿，后转折，羁旅之愁与不得归之苦跃然纸上。接下去，写此时的眼前景："巴山夜雨涨秋池"，诗人的愁苦与夜雨交织，绵绵密密，淅淅沥沥，涨满秋池，弥漫于巴山的夜空。作者没有说什么愁，诉什么苦，而是另辟新境，表达了"何当共剪西窗烛，却话巴山夜雨时"的愿望。

构思之奇令人拍案叫绝,然而设身处地,又觉得情真意切,字字如从肺腑中自然流出。"何当"(何时能够)这个表示愿望的词是从"君问归期未有期"的现实中迸发出来的。"共剪""却话",是由当前苦况所激发的对于未来欢乐的憧憬。此时思归之切,不言可知。诗人用未来的乐反衬出今夜的苦;而今夜的苦又成了未来剪烛夜话的材料,增添了重聚时的乐。四句诗,明白如话,却何等曲折,何等含蓄隽永,余味无穷。

〔明〕谢时臣《溪山秋晚图》(局部)

第七篇　长安一片月

子夜四时歌·秋歌

〔唐〕李白

长安一片月，
万户捣衣声。
秋风吹不尽，
总是玉关情。
何日平胡虏，
良人罢远征。

今天我为您介绍一首李白写的留守长安的妻子思念远在边关的丈夫的诗《子夜四时歌·秋歌》。

"长安一片月"是写景，同时又紧扣题面，写出了秋天的季节特点，而见月怀人是古典诗歌传统的表现方法，加之秋来是赶制征衣的季节，所以写月也有起兴的意义。此外，月明如昼，正好捣衣，而那"玉户帘中卷不去，捣衣砧上拂还来"（《春江花月夜》）的月光，也容易勾起妇人的相思之情。制衣的布帛须先置砧上，用棒槌捣平捣软，是谓"捣衣"。在这明朗的月夜，长安城沉浸在一片此起彼伏的捣衣声中，而这种特殊的"秋声"，对于思妇又是一种难耐的撩拨。声声都是怀念征人的深情。"总是"二字,情思益见深长。这里,秋月、秋声与秋风浑然天成,见境不见人,而"玉关情"之浓,不可遏止,于是有了末二句直表思妇的心声:"何日平胡虏,良人罢远征。"后世的某些人偏爱"含蓄",认为删去末二句作绝句更好,其实不然。"不知歌谣妙,声势出口心"(《大子夜歌》),慷慨天然,是民歌本色。从内容上看,末二句使诗歌思想内容大大深化,更具社会意义,表现出古代劳动人民希望过和平生活的朴素愿望。

〔北宋〕张择端《清明上河图》(局部)

第八篇　空水澄鲜一色秋

秋月

〔宋〕朱熹

清溪流过碧山头，
空水澄鲜一色秋。
隔断红尘三十里，
白云红叶两悠悠。

　　《秋月》是朱熹创作的一首七言绝句，北京大学教授张鸣曾评价道："秋天的色彩特别丰富，这在此诗中得到了生动的反映。诗中有青山、绿水、蓝天、白云、黄叶，它们相互叠加，交相辉映，动静结合，构成了一幅明丽而令人愉快的图画。"

　　"清溪流过碧山头，空水澄鲜一色秋"，前两句借水中的倒影写景，化用了谢灵运《登江中孤屿》中"云日相辉映，空水共澄鲜"两句诗的意境。清亮的溪水绕着碧绿的青山，缓缓流来，碧蓝的天空倒映于水中，是那样澄明、纯洁，二者融为一色，浑然一体。如果天地间没有弥漫着皎洁、明亮的月光，诗人就不能在秋夜中欣赏水之清、山之碧、水之鲜了。

"隔断红尘三十里,白云红叶两悠悠",后两句即景抒怀。诗人在秋光月色之中生出一种超凡脱俗、悠然自得之物外心境。"白云""红叶",既是具有象征意义的幻象,又是诗人在秋月下所见的山林实景。这"白云"的悠然缥缈,"红叶"的飘逸自得,正是诗人清静心境的真实写照。

作品题为"秋月",而笔墨却始终集中在秋月笼罩下的山间小溪上,这就是构思的独到之处。碧绿的山头、碧蓝澄静的夜空、悠悠飘荡的云朵、飘逸洒脱的枫叶,都是围绕着缓缓流淌的小溪而写的,但是却无一不浸染着明亮、柔和的月光。全篇无一笔写月,却又处处见月,可谓大家手笔。

〔元〕赵孟頫《秋郊饮马图》(局部)

第九篇　白露为霜

蒹葭

佚名

蒹葭苍苍，白露为霜。
所谓伊人，在水一方。
溯洄从之，道阻且长。
溯游从之，宛在水中央。
蒹葭萋萋，白露未晞。
所谓伊人，在水之湄。
溯洄从之，道阻且跻。
溯游从之，宛在水中坻。
蒹葭采采，白露未已。
所谓伊人，在水之涘。
溯洄从之，道阻且右。
溯游从之，宛在水中沚。

《蒹葭》这首诗出自《诗经·国风·秦风》，是一首描写诗人对意中人深深的企慕和求而不得的惆怅的诗。

"蒹葭苍苍，白露为霜"两句，从物象与色泽上点明了时间和环境。那生长在河边的茂密芦苇，颜色苍青，那晶莹透亮的露珠已凝结成霜，泛起微微的凉意。"所谓伊人，在水一方"两句，交代了诗人追慕的对象及伊人所在的地点，表现了诗人思见心切的心情。"溯洄从之，道阻且长；溯游从之，宛在水中央"，沿着河边小道向上游走去，道路艰险又漫长；如果径直游渡过去，尽管相距不远，但思之可及，行之不易，伊人的身影仿佛在水中央晃动。诗人尽管立于河边，但他那恍惚迷离的心神早已飞动起来,思见伊人而不得的如醉如痴的形象栩栩可见。

诗的二、三段只换了几个词,体现了诗歌咏唱的音乐特点,使表达的情感愈发强烈,大大拓宽了诗的意境。若把这几组词语联系起来加以品味,更能体会到诗隽永淳厚的意味。

诗人抓住秋天独有的特征,不惜用浓墨重彩地反复进行描绘,渲染深秋空寂、悲凉的氛围,以抒写自己怅然若失而又热烈思慕伊人的心境。正如《人间词话》所说:"《蒹葭》一篇,最得风人深致。"

〔明〕蒋嵩《秋溪放艇图》(局部)

第十篇　多情自古伤离别

雨霖铃·寒蝉凄切
〔北宋〕柳永

寒蝉凄切，对长亭晚，骤雨初歇。都门帐饮无绪，留恋处，兰舟催发。执手相看泪眼，竟无语凝噎。念去去，千里烟波，暮霭沉沉楚天阔。

多情自古伤离别，更那堪冷落清秋节！今宵酒醒何处？杨柳岸，晓风残月。此去经年，应是良辰好景虚设。便纵有千种风情，更与何人说？

　　本词的上阕前三句写别时之景，点明了地点和节序。时当秋季，景已萧瑟；天色已晚，暮色阴沉。词人所见所闻，无处不凄凉。加之"对长亭晚"一句，更准确地传达了这种凄凉况味。

　　前三句景色的铺写也为后两句的"无绪"和"催发"设下伏笔。面对美酒佳肴，词人毫无兴致。因为他的思绪正专注于恋人，所以词接下去说，"留恋处，兰舟催发"。这七个字表现的矛盾冲突何其尖锐。离别之紧迫，更能促使感情深化。于是后面便迸出"执手相看泪眼，竟无语凝噎"，语言通俗而感情深挚。

"念去去，千里烟波，暮霭沉沉楚天阔"，这句话以去声"念"字作为领格，上承"凝噎"自然一转，下启"千里"而一气呵成。"去去"二字连用，愈发显示出激越的深情。

　　上阕正面话别，到此结束。下阕宕开一笔，先作泛论，从个别说到一般，得出一条人生哲理：多情自古伤离别。意谓伤离惜别，并不自我始，自古皆然。再接"更那堪，冷落清秋节"，言明冷落凄凉的秋季，离情更甚于常时。"更那堪"三个虚字加强了感情色彩，比起首三句的以景寓情更为深刻。"今宵"三句蝉联上句而来，是全篇之警策。整个画面充满了凄清的气氛，风景之清幽，离愁之绵邈，完全凝聚在这画面之中。"此去经年"几句，构成另一种情境。因为上面是用景语，此处则改用情语。别后非止一日，年复一年，纵有良辰好景，也引不起欣赏的兴致，只能徒增惆怅而已。"此去"遥应上阕"念去去"，"经年"近应"今宵"，在时间与思绪上环环相扣，步步推进，可见结构之严密。以"便纵有千种风情，更与何人说"结束全词，留有无穷意味，耐人寻味。

〔北宋〕王诜《溪山秋霁图》（局部）

第十一篇　昨夜西风凋碧树

蝶恋花·槛菊愁烟兰泣露

〔北宋〕晏殊

槛菊愁烟兰泣露，罗幕轻寒，燕子双飞去。明月不谙离恨苦，斜光到晓穿朱户。

昨夜西风凋碧树，独上高楼，望尽天涯路。欲寄彩笺兼尺素，山长水阔知何处。

秋风起，天气开始转凉了。寒气重了，红要衰了，翠要减了，花要落了，叶要残了，对于多愁善感的词人来说，心情也随之悲愁起来。北宋著名词人晏殊就是以这样的心境，写下了脍炙人口的不朽名篇《蝶恋花》。

该词首句"槛菊愁烟兰泣露"，写秋天的早晨庭圃中的景物。菊花笼罩着一层轻烟薄雾，看上去似乎脉脉含愁；兰花上沾有露珠，看起来像默默饮泣。兰和菊本一般象征品格的幽洁，这里用"愁烟""泣露"将它们人格化，将主观感情移于客观景物，透露词人自己的哀愁。

次句"罗幕轻寒,燕子双飞去",也与各种物象,表意非常婉转含蓄。接下来"明月不谙离恨苦,斜光到晓穿朱户",情感从隐微转为强烈。明月是自然物,不了解离恨之苦,这是自然之事,然而词人偏要怨恨它。这种仿佛无理的埋怨,却有力地表现了词人在离恨的煎熬中因月彻夜无眠的情景和外界事物所引起的怅惘。

"昨夜西风凋碧树,独上高楼,望尽天涯路",碧树因一夜西风而凋尽,足见西风之劲厉肃杀,"凋"字正传出这一自然界的显著变化给予词人的强烈感受。景既萧索,人又孤独,然而在几乎言尽的情况下,词人又出人意料地展现出一片广远寥廓的境界:独上高楼,望尽天涯路。这种所向空阔、毫无障碍的境界给主人公一种精神上的满足,使其从狭小的帘幕庭院的忧伤愁闷转向对广远境界的骋望。这三句尽管包含望而不见的伤离情绪,但没有纤柔颓靡的气息,语言洗净铅华,感情悲壮。这三句也是此词中流传千古的佳句。

"欲寄彩笺兼尺素,山长水阔知何处。"彩笺,指题诗的诗笺;尺素,指书信。两句一放一收,将词人欲寄音书的强烈愿望与音书无处寄的可悲现实对照起来,更加突出了"满目山河空念远"的悲慨之情。

〔明〕宋旭《江上楼阁图》(局部)

第十二篇　红叶黄花秋意晚

思远人·红叶黄花秋意晚

〔北宋〕晏几道

红叶黄花秋意晚，千里念行客。飞云过尽，归鸿无信，何处寄书得？

泪弹不尽当窗滴，就砚旋研墨。渐写到别来，此情深处，红笺为无色。

这是一首闺中念远之词，全词用笔甚曲，下字甚丽，婉转入微，味深意厚。

上阕起首两句，写主人公因悲秋而怀远，既点明时令、环境，又点染烘托主题。一"晚"字，暗示别离之久，"千里"，点明相隔之远。两句交代了时间和空间，给下文留了铺展的余地。"飞云过尽，归鸿无信"，鸿雁随着天际的浮云，自北向南飞去。闺中人遥望渺渺长空，盼望归鸿带来游子的音信。然而，飞云过尽也无信。既然无信，自己欲寄书也无从寄，已极写其失望之意。

下阕词意陡转，另开思路。正因无处寄书，因而悲伤弹泪，泪弹不尽，临窗滴下，有砚承泪，遂研墨作书。明知书不得寄，仍是要写，一片痴情，惘惘不甘，用意深厚。"渐写到别来，此情深处，红笺为无色。"末句写主人公作书纯属自我遣怀，她把自己全部的内心力量投进其中，感情也升华到物我两忘的境界。

全词语言质朴，感情真挚自然，不事雕琢却也真切感人。此外，词还有一个特别之处：用泪水将信笺的红色冲掉来写女子的伤心，不仅将思念描写得更为形象具体，还有一种别样的韵味。

〔元〕赵孟頫《鹊华秋色图》（局部）

第十三篇　但愿人长久，千里共婵娟

水调歌头·明月几时有

〔北宋〕苏轼

序：丙辰中秋，欢饮达旦，大醉，作此篇，兼怀子由。

明月几时有？把酒问青天。不知天上宫阙，今夕是何年。我欲乘风归去，又恐琼楼玉宇，高处不胜寒。起舞弄清影，何似在人间？

转朱阁，低绮户，照无眠。不应有恨，何事长向别时圆？人有悲欢离合，月有阴晴圆缺，此事古难全。但愿人长久，千里共婵娟。

此词是苏轼在1076年中秋望月怀人之作，表达了对胞弟苏辙的无限怀念。

此词上阕望月，既怀逸兴壮思，又脚踏实地。一开始就提出一个问题：明月是从什么时候开始有的？苏轼把青天当成自己的朋友，把酒相问，显示了他豪放的性格和不凡的气魄。

"不知天上宫阙，今夕是何年。"把对于明月的赞美与向往之情更推进了一层。他很想去月亮上看一看，所以接着说："我欲乘风归去，又恐琼楼玉宇，高处不胜寒。"词人之所以有这种脱离人世、超越自然的奇想，一方面来自他对宇宙奥秘的好奇，另一方

〔元〕李容瑾《汉苑图》(局部)

面更因为他对现实人间的不满。"又恐琼楼玉宇,高处不胜寒",天上的"琼楼玉宇"虽然美好非凡,但高寒难耐,不可久居。一正一反,更表露出词人对人间生活的热爱。"起舞弄清影,何似在人间",展示了词人情感的波澜起伏,显示了词人开阔的心胸与超远的志向。

下阕怀人,由中秋的圆月联想到人间的离别,同时感念人生的无常。"转朱阁,低绮户,照无眠",这里既指自己怀念弟弟的深情,又泛指那些中秋佳节因不能与亲人团圆以致难以入眠的离人。接着,词人笔锋一转,说出了一番宽慰的话:"人有悲欢离合,月也有阴晴圆缺。"自古以来,世上就难有十全十美的事。这三句从人到月、从古到今做了高度的概括。实质上还是为了强调对人事的达观,同时寄托对未来的希望。

词的最后说:"但愿人长久,千里共婵娟。"既然人间的离别是难免的,那么只要亲人健在,即使远隔千里也可以通过皎洁的明月把两地联系起来,把彼此的心联系在一起。

第十四篇　惟有长江水，无语东流

八声甘州·对潇潇暮雨洒江天

〔北宋〕柳永

对潇潇暮雨洒江天，一番洗清秋。渐霜风凄紧，关河冷落，残照当楼。是处红衰翠减，苒苒物华休。惟有长江水，无语东流。

不忍登高临远，望故乡渺邈，归思难收。叹年来踪迹，何事苦淹留。想佳人、妆楼颙望，误几回、天际识归舟。争知我、倚阑干处，正恁凝愁。

词的上阕写词人登高临远，景物描写中暗含着悲凉之感。一开头，总写秋景，雨后江天，澄澈如洗。头两句"对潇潇、暮雨洒江天，一番洗清秋。"用"对"字作领字，勾画出一幅暮秋傍晚的秋江雨景。"洗"字生动真切，透露出一种清冷落寞之感。接着连用三个排句："渐霜风凄紧，关河冷落，残照当楼"，进一步烘托凄凉、萧索的气氛。"是处红衰翠减，苒苒物华休"，这两句既是景物描写，也是心情抒发，看到花木都凋零了，引起

〔明〕袁尚统《枯林孤桦图》(局部)

词人的许多感触。但他却没明说,而只用"长江无语东流"来暗示。在无语东流的长江水中,寄托了韶华易逝的感慨。

  词的下阕由写景转入抒情,写对故乡亲人的怀念。"不忍登高临远"一句,在词作方面是转折,在感情方面是委婉。登高临远是为了看看故乡,然而故乡太远,望而不见,更添思乡之情。"望故乡渺邈,归思难收",实际上是全词中心。"叹年来踪迹,何事苦淹留。"这两句向自己发问,流露出不得已而淹留他乡的凄苦之情,回顾自己四处漂泊的经历,扪心自问究竟是为了什么,表露了有家难归的深切的悲哀。最后两句,说佳人经过多少次希望和失望之后,肯定会埋怨自己不归家,却不知道"我""倚阑"远望时的愁苦。"倚阑""凝愁"本是实情,却从对方设想用"争知我"领起,化实为虚,显得十分空灵。结尾与开头相呼应,让人认为一切景象都是"倚阑"所见,一切归思都由"凝愁"引出,生动地表现了思乡之苦和怀人之情。

  全词结构严密而富于变化,堪称柳永雅词的代表作。

第十五篇　人生若只如初见

木兰花·拟古决绝词

〔清〕纳兰性德

人生若只如初见,
何事秋风悲画扇。
等闲变却故人心,
却道故人心易变。
骊山语罢清宵半,
泪雨霖铃终不怨。
何如薄幸锦衣郎,
比翼连枝当日愿。

这是一首拟古之作,词人借汉唐典故,以一被抛弃的女子的口吻谴责负心的男子,词情哀怨凄婉,屈曲缠绵。

第一句"人生若只如初见"是整首词里感情最强烈的一句,短短一句胜过千言万语:人生如果总像刚刚相识的时候那样甜蜜,那样深情和快乐,该是一件多么美好的事情。

"何事秋风悲画扇"用了汉朝班婕妤被弃的典故。扇子在夏天被人们用来驱走炎热,到了秋天就没人理睬了,古典诗词多用扇子比喻被冷落的女性。这里是说原本相亲相爱的人却相离相弃,将词情从美好的回忆一下子拽到了残酷的现实当中。

"等闲变却故人心,却道故人心易变",在时间的流逝中,

〔明〕蓝瑛《白云红树图》（局部）

恋人之间的感情变了。词人模拟女性的口吻，表达了对变心的情人伤心、无奈的心情。

"骊山语罢清宵半，泪雨霖铃终不怨"二句用了唐明皇与杨玉环的爱情典故。七夕的时候，唐杨二人在华清宫里山盟海誓，然而马嵬坡事变一爆发，杨贵妃就成了政治斗争的牺牲品。据说，后来唐明皇从四川回长安的路上，怀念杨贵妃，写了著名的曲子《雨霖铃·斜风凄雨》。这里借用此典说明即使是作最后的告别，也不生怨。

"何如薄幸锦衣郎，比翼连枝当日愿"二句化用唐李商隐《马嵬》诗句，承接前句句意，说明主人公情感之坚贞。

这首词哀怨凄婉，屈曲缠绵。"秋风悲画扇"是悲叹自己遭弃的命运，"骊山"之语暗指原来浓情蜜意的时刻，"比翼连枝"写曾经的爱情已成为遥远的过去，而这"闺怨"的背后，似乎有着更深层的痛楚。故也有人认为此篇别有隐情，词人以男女间的爱情为喻，说明与朋友也应该始终如一，生死不渝。

第十六篇　一江春水向东流

虞美人·春花秋月何时了
〔南唐〕李煜

春花秋月何时了，往事知多少？小楼昨夜又东风，故国不堪回首月明中！

雕栏玉砌应犹在，只是朱颜改。问君能有几多愁？恰似一江春水向东流。

《虞美人·春花秋月何时了》是五代十国时期南唐后主李煜在被毒死前夕所作的词，堪称绝命词。此词是一曲生命的哀歌，作者通过自然永恒与人生无常的对比，抒发了亡国后顿感生命落空的悲哀。

此词之所以能引起广泛的共鸣并流传千古，在很大程度上有赖于结尾以富有感染力和象征性的比喻，将愁思写得既形象化，又抽象化。

上阕，"春花秋月"多美好，作者却企盼它早日"了却"；小楼"东风"带来春天的信息，反而引起作者"不堪回首"的嗟叹。"往事知多少？"回首往昔，身为国君，许多事情历历在目。透过句子，我们不难看出这位从威赫的国君沦为阶下囚的南唐后主此时此刻的心中有多少悲苦与悔恨。"小楼昨夜又东风，故国不堪回首月明中。"词人身居囚屋，听着春风，望着明月，触景生情，愁绪万千，夜不能寐。一个"又"字，表明此情此景已多次出现，这种精神上的痛苦加重了上两句流露的愁绪，也引出词人对故国往事的回忆。

下阕，"雕栏玉砌应犹在，只是朱颜改"。"朱颜"在这里是过去一切美好事物、美好生活的象征。以上词句，作者将美景与悲情、往昔与如今、景物与人事的对比融为一体，尤其是通过自然的永恒和人事的沧桑的强烈对比，把蕴藏于胸中的悲愁悔恨曲折有致地倾泻出来，凝成最后的千古绝唱——"问君能有几多愁？恰似一江春水向东流"。作者先用发人深省的设问，点明抽象的本体"愁"，接着用生动的喻体——奔流的"春水"作答。用满江的春水来比喻满腹的愁，极为贴切形象，不仅显示了愁的悠长深远，也充分体现出奔腾中的感情所具有的力度和深度。

〔明〕仇英《清明上河图》（局部）

第十七篇　断鸿声里，立尽斜阳

玉蝴蝶·望处雨收云断

〔北宋〕柳永

望处雨收云断，凭阑悄悄，目送秋光。晚景萧疏，堪动宋玉悲凉。水风轻、蘋花渐老，月露冷、梧叶飘黄。遣情伤。故人何在，烟水茫茫。

难忘，文期酒会，几孤风月，屡变星霜。海阔山遥，未知何处是潇湘。念双燕、难凭远信，指暮天、空识归航。黯相望。断鸿声里，立尽斜阳。

　　在深秋的季节里，宋代词人柳永写下了这首词《玉蝴蝶·望处雨收云断》。

　　上阕首句"望处雨收云断"，写即目所见之景。"凭阑悄悄"四字，写出了独自倚阑远望时的忧思。面对向晚黄昏的萧疏秋景，自然引起悲秋的感慨，想起千古悲秋之祖宋玉来。宋玉的悲秋情怀和身世感慨，此时都涌向柳永的心头。他将万千的思绪按捺住，将视线由远及近，选取了最能表现秋天景物特征的东西进行精细的描写。"水风轻、蘋花渐老，月露冷、梧叶飘黄"两句，似乎是一幅很有诗意的画面，然而细品之后，使人产生凄清沉寂之感。景物描写之后，词人引出"故人何在，烟水茫茫"两句，既承上启下，又统摄全篇，为全词的主旨。"烟水茫茫"是迷蒙而不可尽见的景色，宏大而浑厚，同时也是思念故人的茫茫然的感情，这里情与景交织在一起，为全篇之精华。

下阕写怀念故人之情。词人回忆起与朋友的"文期酒会"，赏心乐事，至今难忘。然而分离之后，已经物换星移。"几孤""屡变"，言离别之久，旨在加强别后的怅惘。

"念双燕、难凭远信，指暮天、空识归航。"双双飞去的燕子是不能向故人传递消息的，说明与友人欲通音讯却无人可托，盼友人归来的愿望又一次次落空。这句词把对友人深沉、诚挚的思念表现得娓娓入情。一个"空"字，把思念友人之情推向了高潮和顶点。词人在这里从对方着笔，折射出自己长年羁旅、怅惘不堪的留滞之情。

"黯相望"以下，笔锋转回自身。词人用断鸿的哀鸣来衬托自己的孤独怅惘，可谓妙合无垠，声情凄婉。"立尽斜阳"四字勾勒出了一名完全沉浸在回忆与思念之中的人物形象，从而使羁旅不堪之苦言外自现。

〔北宋〕王诜《烟江叠嶂图》（局部）

第十八篇　佳节又重阳

醉花阴·重阳
〔宋〕李清照

薄雾浓云愁永昼,瑞脑消金兽。佳节又重阳,玉枕纱厨,半夜凉初透。

东篱把酒黄昏后,有暗香盈袖。莫道不消魂,帘卷西风,人比黄花瘦。

这首词是李清照婚后所作,抒发的是重阳佳节思念丈夫的心情。"薄雾浓云愁永昼",这一天从早到晚,天空都浓云密布,使人感到愁闷难挨。"瑞脑消金兽"转写室内情景:词人独自看着香炉里的袅袅青烟,真是百无聊赖。又是重阳佳节,睡到半夜,凉意透入帐中枕上,对比夫妇团聚时的温馨,真是不可同日而语。上阕寥寥几句,把一个少妇心事重重的愁态生动地描摹出来。"佳节又重阳"一句颇有深意,"又"字突出了她的伤感情绪。紧接着写"玉枕纱厨,半夜凉初透",这里的凉不只是时令转凉,更是此时自己心中别有一番凄凉滋味。

下阕写重阳节这天赏菊饮酒的情景。把酒赏菊本是重阳佳节的传统习俗,可是小酌之后并未能宽解词人的愁怀,反而使她触景伤情,菊花再美、再香,也无法送给远在异地的爱人。"有暗香盈袖"一句,暗示了词人高洁的胸襟和脱俗的情趣。同时也流露出"馨香满怀袖,路远莫致之"的深深遗憾。"莫道不消魂"写的是瑟瑟的西风把帘子掀起了,人感到一阵寒意。联想到刚才把酒相对的菊花,菊瓣纤长,菊枝瘦细,却斗风傲霜,而人悲秋伤别,无计消愁,顿生人不如菊之感。以"人比黄花瘦"作结,构思奇巧,含蕴丰富。

夏承焘在《唐宋词欣赏》中说:"人比黄花瘦"之所以能给人深刻的印象,除了它本身运用比喻,描写出鲜明的人物形象之外,句子安排得妥当,也是原因之一。李清照在这个结句的前面,先用一句"莫道不消魂"作引,再加一句写动态的"帘卷西风",才拿出"人比黄花瘦"的句子。三句联成一气,好像电影中的特写镜头。一个"瘦"字,归结全首词的情意,喻人之憔悴,暗示相思之深。

《醉花阴·重阳》意境图

第十九篇　月落乌啼霜满天

枫桥夜泊
〔唐〕张继

月落乌啼霜满天，
江枫渔火对愁眠。
姑苏城外寒山寺，
夜半钟声到客船。

这首诗是唐朝安史之乱后，诗人张继途经寒山寺时，写下的一首羁旅诗。在这首诗中，诗人精确而细腻地描述了一个客船夜泊者对江南深秋夜景的观察和感受，勾画了月落乌啼、霜天寒夜、江枫渔火、孤舟客子等景象，有景有情、有声有色。此外，这首诗也将作者的羁旅之思、家国之忧以及身处乱世尚无归宿的顾虑充分表现出来。

诗的首句，写上弦月升起得早，半夜时便已沉落下去，天际只剩下一片灰蒙蒙的光影。树上的栖乌在夜里发出几声啼鸣。在幽暗静谧的环境中，人的感觉变得格外锐敏：侵肌砭骨的寒意从四面八方涌向诗人夜泊的小舟，使他感到茫茫夜气中弥漫着满天霜花。

诗的第二句接着描绘"枫桥夜泊"的景象和旅人的感受。

"江枫"这个意象给读者以秋意浓和离情羁思的暗示。透过雾气茫茫的江面,可以看到星星点点的几处"渔火",由于周围昏暗迷蒙背景的衬托,显得特别引人注目,令人遐想。"江枫"与"渔火",一静一动,一暗一明,诗人对景物的配搭组合颇见用心。"对愁眠"的"对"字包含了"伴"的意蕴,不过不像"伴"字外露。这里既有孤子的旅人面对霜夜江枫渔火时萦绕的缕缕轻愁,又隐含着对旅途幽美风物的新鲜感受。

诗的前幅布景密度很大,十四个字写了六种景象,后幅却特别疏朗,两句诗只写了一件事:卧闻山寺夜钟。这是因为诗人在枫桥夜泊中所得到的最鲜明、最具诗意美的印象,就是这寒山寺的夜半钟声。静夜钟声不但衬托出了夜的静谧,而且揭示了夜的深永和清寥,而诗人卧听疏钟时的种种难以言传的感受也就尽在不言中了。

〔当代〕张省《枫桥夜泊》(局部)

第二十篇　霜叶红于二月花

山行

〔唐〕杜牧

远上寒山石径斜,
白云生处有人家。
停车坐爱枫林晚,
霜叶红于二月花。

秋天是美丽的,秋天也是哀伤的,但秋天更是热烈的、灿烂的。诗人杜牧于萧瑟秋风中摄取绚丽秋色,写出了"霜叶红于二月花"的千古名句,呈现了秋天热烈、生机勃勃的景象。

"远上寒山石径斜",写山,写山路。一条弯弯曲曲的小路蜿蜒伸向山头。"远"字写出了山路的绵长,"斜"字与"上"字呼应,写出了高而缓的山势。

"白云生处有人家",写云,写人家。诗人的目光顺着这条山路向上望去,在白云飘浮的地方,有几处山石砌成的石屋石墙。这里的"人家"照应了上句的"石径",这条山间小路就是那几户人家上上下下的通道。这样就把两种景物有机地联系在一起了。

对这些景物,诗人只是进行客观的描述。虽然用了一个

"寒"字,也只是为了引出下文的"晚"字和"霜"字,并不代表诗人的感情倾向。它只是在为后面的描写蓄势——勾勒枫林的自然环境。

"停车坐爱枫林晚"便不同了,倾向性已经很明显了。那山路、白云、人家都没有使诗人动心,但这枫林晚景却使得他惊喜之情难以抑制。为了领略这山林风光,竟然顾不得驱车赶路。

"霜叶红于二月花",把第三句补足,一片深秋枫林美景便具体展现出来了。诗人惊喜地发现在夕晖晚照下,枫叶流丹,层林尽染,真是满山云锦,如烁彩霞。

诗人没有像一般文人那样伤春悲秋,而是歌颂大自然的秋色美,体现了豪爽向上的精神。

〔清〕张宗苍 山水画(局部)

第四季 冬之篇

第一篇　邯郸驿里逢冬至

邯郸冬至夜思家
〔唐〕白居易

邯郸驿里逢冬至，
抱膝灯前影伴身。
想得家中夜深坐，
还应说着远行人。

《邯郸冬至夜思家》这首诗没有精工华美的辞藻，没有奇特新颖的想象，只是用叙述的语气来描绘远客的怀亲之情。其佳处，一是以直率质朴的语言，道出了人们常有的一种生活体验，感情真挚动人。二是构思精巧别致：写自己思家，却从对面着笔。诗中无一"思"字，只平平叙来，却处处含着"思"情。

前两句纪实，第一句中已植"思家"之根。在唐代，冬至这个日子，人们本应在家中和亲人一起欢度，但是如今作者在邯郸客店里碰上这个节日，不知如何是好。第二句，就写作者在邯郸客栈里过节的情景。只有抱膝枯坐的影子陪伴着抱膝枯坐的身子，作者的孤寂之感、思家之情，已溢于言表。

后两句运用想象，笔锋一转，不直接写自己如何思家，而是想象家人冬至夜深时分，家人围坐在灯前，谈论着自己这个远行之人。作者以此来表现"思家"，使这种思乡之情真实感人。其感人之处是：他在思家之时想象出来的那幅情景，却是家里人如何想念自己。这个冬至佳节，由于自己离家远行，家里人一定也过得很不愉快。当自己抱膝灯前，想念家人，直想到深夜的时候，家里人大约同样没有睡，他们坐在灯前，"说着远行人"。具体"说"了什么，作者并没有指明，这就给读者留下了驰骋想象的广阔天地。每一个享过天伦之乐的人，或有过类似经历的人，都可以根据自己的生活体验，想得很多。作者没用华丽的词句，没有过多的艺术技巧，用平实质朴的语言，却把思乡之情表现得淋漓尽致。

《邯郸冬至夜思家》意境图

第二篇　独钓寒江雪

江雪
〔唐〕柳宗元

千山鸟飞绝，
万径人踪灭。
孤舟蓑笠翁，
独钓寒江雪。

《江雪》是唐代诗人柳宗元的一首山水诗，柳宗元笔下的山水诗有个显著的特点，那就是把客观境界写得幽僻、冷清，不带人间烟火气，进而反衬诗人主观心情的寂寞。这首《江雪》正是这样，诗人借描绘在下着大雪的江面上，一叶小舟，一个老渔翁，独自在寒冷的江心垂钓的画面，向读者展示渔翁清高、孤傲的性格。而渔翁是诗人的自喻。诗中诗人把"鸟"和"人"放在"千山""万径"的下面，再加上一个"绝"和一个"灭"字，这就把最常见的、最一般化的动态，一下子给变成极端的寂静，形成一种不平常的景象。下面两句原来是属于静态的描写，由于摆在这种绝对幽静、绝对沉寂的背景之下，倒反而显得玲珑剔透，有了生气。

在这首诗里，笼罩一切、包罗一切的东西是雪，山上是雪，路上也是雪，就连船篷上，渔翁的蓑笠上，也都是雪。在这个苍茫的大背景中，没有雪的地方只有江心。然而作者却偏偏用了"寒江雪"三个字，把"江"和"雪"这两个关系最远的形象联系到一起，这就给人以一种比较空蒙、遥远、渺小的感觉，由此可见，这"寒江雪"三字是"画龙点睛"之笔，它把全诗前后两部分有机地联系起来，塑造了渔翁完整突出的形象。

〔当代〕华三川《江雪》（局部）

第三篇　风雪夜归人

逢雪宿芙蓉山主人

〔唐〕刘长卿

日暮苍山远，
天寒白屋贫。
柴门闻犬吠，
风雪夜归人。

著名戏剧家吴祖光于1942年创作了一部经典话剧《风雪夜归人》，曾引起极大轰动，国家大剧院也在近两年重新排演。话剧《风雪夜归人》之名出自唐诗《逢雪宿芙蓉山主人》。

《逢雪宿芙蓉山主人》是唐代诗人刘长卿的一首五言绝句，这首诗描绘的是一幅风雪夜归图。前两句，写诗人日暮时急投宿而产生的苍山变得遥远，山路漫长的所感，以及投宿时，人家茅屋简陋的所见。后两句写诗人到投宿人家时，在万籁俱寂中忽见犬吠声中冒着大雪归来的归人的情景。全诗语言朴实浅显，写景如画，叙事简朴，含意深刻。

就写作角度而言，前半首诗是从所见之景着墨，后半首诗则是从所闻之声下笔的。因为既然夜已来临，人已就寝，就不可能再写所见，只可能写所闻了。"柴门"句写的应是黑夜中、卧榻上听到的院内动静；"风雪"句应也不是眼见，而是耳闻，是因听到各种声音而知道风雪中有人归来。这里，只写"闻犬吠"可能因为这是最先打破静夜和最先入耳之声，而实际听到的当然不只是犬吠声，应当还有风雪声、叩门声、柴门启闭声、家人应答声等等。这些声音交织成一片，尽管借宿之人不在院内，未曾目睹，但从这一片嘈杂的声音足以构想出一幅风雪夜归人的画面。

〔清〕张宗苍 山水画（局部）

第四篇　晚来天欲雪

问刘十九
〔唐〕白居易

绿蚁新醅酒，
红泥小火炉。
晚来天欲雪，
能饮一杯无？

首先，全诗巧妙地选用了新酒、火炉、暮雪三个意象。首句开门见山地点出新酿好的酒，未经过滤，泛起如绿蚁般的泡沫的情状，给人以物在眼前的即视感，引人垂涎。第二句用"红泥小火炉"来描写和渲染饮酒的环境，酒和饮酒环境均已具备。

后面两句写作者在晚间将要下雪时，对友人发出共饮的邀请。晚间寒风凛冽，大雪飘飘，反衬了室内的温暖和白居易与友人之间友情的珍贵。

其次是色彩的合理搭配。这首小诗在色彩的配置上对比明显清新朴实，使人眼前一亮。

一个"绿"字写出了酒的颜色，使人仿佛感受到酒的醇香。

一个"红"字,不但是火炉的颜色,也是温暖的象征,与室外的寒冷形成对比。另外,"红""绿"相映,色味兼备,气氛热烈,情调欢快。

最后是结尾问句的运用。"能饮一杯无",轻言细语,贴近心窝,溢满真情。用这样的口语入诗收尾,既增加了全诗的韵味,使其具有空灵摇曳之美,余音袅袅之妙,又创设情境,给读者留下无尽的想象空间。

〔清〕张宗苍 山水画(局部)

第五篇　今日相逢无酒钱

别董大二首
〔唐〕高适

其一

千里黄云白日曛，
北风吹雁雪纷纷。
莫愁前路无知己，
天下谁人不识君。

其二

六翮飘飖私自怜，
一离京洛十余年。
丈夫贫贱应未足，
今日相逢无酒钱。

在上一篇《问刘十九》中，我向大家介绍了下雪天，白居易为把朋友邀来喝酒，而赋诗一首。诗中，白居易尽情显摆自己新酿好的甘甜可口、芳香扑鼻的酒和朴素温馨、正烧得通红的红泥小火炉。

但同是下雪天，同是一个朝代，有的诗人却连请朋友喝一杯酒的钱都拿不出。诗人高适在自己的送别诗《别董大二首》中，记叙了自己当时处于困顿不达、囊中羞涩的窘境时刻。

这两首送别诗作于天宝六年（747年），当时高适在睢阳，送别的对象是著名的琴师董庭兰。盛唐时盛行胡乐，能欣赏七弦琴这类古乐的人不多。

从诗的内容来看，这两篇作品当是写高适与董大久别重逢，经过短暂的聚会以后,又各奔他方的赠别之作。

这两首是诗人早期不得意时的赠别之作,不免"借他人酒杯,浇自己块垒"。但诗人于慰藉中寄希望,因而给人一种满怀信心和力量的感觉,于现实的困顿中而不失生活的希望、奋斗的动力,是高适两首诗最大的特点。

〔北宋〕郭熙《溪山访友图》(局部)

第六篇　最爱东山晴后雪

最爱东山晴后雪

〔南宋〕杨万里

只知逐胜忽忘寒，
小立春风夕照间。
最爱东山晴后雪，
软红光里涌银山。

这首诗原题为"雪后晚晴，四山皆青，惟东山全白，赋《最爱东山晴后雪》二绝句"。我们来细细赏析：首句"只知逐胜忽忘寒"，"逐胜"即追逐胜景。诗歌开始就写自己因为只顾着追逐胜景而忘记了寒冷，从主观上直接表达了自己对胜景的喜爱之情。从写法上看，此句含蓄地照应了诗题中的"最爱"一词。其中"忽"字不但暗示了诗人被美景所吸引，一下子沉浸其中而流连忘返的心情，而且为后面抒情作了很好的铺垫。

接着第二句承上句而来："小立春风夕照间。""小立"即短暂站立，或者偶尔站立；"夕照"即傍晚的阳光。这一句是说，诗人偶尔在春风中站立，赏看夕阳的美景。其中，"小立"

不但表现时间短暂,更为重要的是通过诗人的行为间接地写出了春风夕照时的景色之美,不过是偶尔看到,就令人流连忘返。一个"立"字,把一个因爱美景而不顾寒冷的"痴人"形象展示在读者面前。

第三句笔锋一转,空间变换:"最爱东山晴后雪。"这里,诗人直言自己最喜爱东山天晴之后的雪景。从诗题看,这首诗作于早春,天气乍暖还寒,还有余雪覆盖山林之时。但在诗人笔下,即使寒气来袭,仍然表现出生机盎然的景象。这风景究竟如何呢?诗人没有在这一句中表现,而是留在最后来回答。

所以,最后一句诗人写道:"软红光里涌银山。"诗人以景寓情,意思是说,在初春的傍晚,夕阳柔软的红光照射在东山之上,皑皑白雪闪耀着点点光芒,仿佛是一座银山在向诗人涌来。其中,"软"字和"涌"字用得很妙,前者从触觉的角度来描写夕阳的柔和之美,后者则从视觉的角度来描写白雪覆盖的东山在夕阳下闪耀光芒的动态之美,增强了表意的情趣之美。

〔元〕黄公望《快雪时晴图》(局部)

第七篇　将登太行雪满山

行路难·其一
〔唐〕李白

金樽清酒斗十千，
玉盘珍馐直万钱。
停杯投箸不能食，
拔剑四顾心茫然。
欲渡黄河冰塞川，
将登太行雪满山。
闲来垂钓碧溪上，
忽复乘舟梦日边。
行路难，行路难，
多歧路，今安在？
长风破浪会有时，
直挂云帆济沧海！

公元742年，李白奉诏入京，担任翰林供奉。可是入京后，却没被唐玄宗重用，还受到权臣的谗毁排挤，两年后被"赐金放还"。李白被逼出京，朋友们都来为他饯行，求仕无望的他深感仕路的艰难，满怀愤慨地写下了《行路难》组诗，共三首，其中第一首流传最广。

诗的前四句写朋友出于对李白的深厚友情，出于对这样一位天才被弃置的惋惜，设下盛宴为之饯行。"嗜酒见天真"的李白，这一次端起酒杯，却又把酒杯推开了；拿起筷子，却又把筷子放下了。他拔出宝剑，举目四顾，心绪茫然。停、投、拔、顾四个连续的动作，形象地显示了诗人内心的苦闷，感情的激荡变化。

接着，诗人用"冰塞川""雪满山"形容人生道路上的艰难险阻,具有比兴的意味。但是,李白并不是那种软弱的人,从"拔剑四顾"开始,就暗示其不甘消沉,要继续追求理想。诗人在心境茫然之中,想到两位开始在政治上并不顺利,而最终大有作为的人物:姜尚和伊尹。想到这两位历史人物的经历,又给诗人增强了信心。

"行路难,行路难,多歧路,今安在?"姜尚、伊尹的遇合虽然增加了诗人对未来的信心,但当他的思路回到眼前现实中来的时候,又一次感到人生道路的艰难。离筵上瞻望前程,只觉前路崎岖,歧途甚多,要走的路,究竟在哪里呢?这是感情在尖锐复杂的矛盾中再一次回旋。但是倔强而又自信的李白怎会轻易认输?他发出了充满信心与希望的强音:"长风破浪会有时,直挂云帆济沧海!"

〔宋〕马远《晓雪山行图》(局部)

第八篇　积雪浮云端

终南望余雪
〔唐〕祖咏

终南阴岭秀，
积雪浮云端。
林表明霁色，
城中增暮寒。

《唐诗纪事》记载，祖咏年轻时去长安应考，按照规定，必须写出一首六韵十二句的五言长律。祖咏思考了一下，写出这四句就搁笔了。因为他感到这四句已经表达完整，若按照要求写成六韵十二句的五言长律，则有画蛇添足的感觉。当考官让他重写时，他还是坚持自己的看法，考官很不高兴，结果祖咏未被录取。从这件事我们不难看出祖咏是个颇有个性之人。

首句"终南阴岭秀"，从长安城中遥望终南山，所见的是它的"阴岭"，"阴"字用得很确切。"秀"是望山所得的印象，既赞颂了终南山，又引出下句。"积雪浮云端"就是"终南阴岭秀"的具体内容。整句话是说：终南山的阴岭高出云端，积雪未

〔元〕马琬《雪冈渡关图》（局部）

化，像浮在云端一般。一句话写出了终南山高耸入云的景象，表达了作者的凌云壮志。

第三句"林表明霁色"的"明"字虽然用得好，但"霁"字更重要。作者写的是从长安遥望终南山余雪的情景。从长安城中遥望终南山，阴天固然看不清，就是在大晴天，一般看到的也是笼罩终南山的蒙蒙雾霭；只有在雨雪初晴之时，才能看清它的真面目。所以，如果直接写终南山余雪而不用一个"霁"字，就不是客观真实了。

祖咏不仅用了"霁"，而且选择的是夕阳西下时的"霁"。他说"林表明霁色"，表明落日的余光平射过来，染红了林表，不用说也照亮了浮在云端的积雪。而结句的"暮"字，也已经呼之欲出了。

前三句，写"望"之所见，末一句，写"望"之所感。俗谚有云："下雪不冷消雪冷。"一场雪后，只有终南山岭尚余积雪，其他地方的雪正在消融，吸收了大量的热，自然要寒一些；日暮之时，又比白天寒。望终南余雪，寒光闪耀，就令人更增寒意。做此题，写到此处意思的确完满了，不必画蛇添足。

第九篇 寒夜客来茶当酒

寒夜
〔南宋〕杜耒

寒夜客来茶当酒,
竹炉汤沸火初红。
寻常一样窗前月,
才有梅花便不同。

《寒夜》是南宋诗人杜耒创作的一首七言绝句。诗的前两句写客人寒夜来访,主人点火烧茶,招待客人;后两句写窗外刚刚绽放的梅花使得今晚的月亮别有一番韵味。整首诗语言清新、自然,无雕琢之笔,意境清新隽永,让人回味无穷。

《寒夜》因为被《千家诗》选入,所以流传很广,"寒夜客来茶当酒"甚至被当作口头话来运用。虽被当作口头话,可是细细品味,可以让人产生很多联想。首先,客人来了,主人不去备酒,这客人必是熟客、常客,主人不必因为没有酒而觉得怠慢客人。其次,在寒冷的夜晚有兴趣出门访客的,一定不是俗人,他与主人必定有共同的语言、共同的雅兴,情谊很深,所以能与主人寒夜煮茗，围炉清谈，不在乎有没有酒。此时虽然屋外寒气逼人，屋内却温暖如春，诗人的心情也十分愉快。三、四句换个角度，寓情于景。夜深了，明月照在窗前，窗外透进了阵阵寒梅的清香。诗人写梅，是用梅花高洁的寓意，暗赞来客。寻常的夜晚，来了志同道合的朋友，在月光下啜茗清谈，这气氛可就与平常大不一样了。

诗文看似随笔挥洒，其实形象地反映了诗人喜悦的心情，耐人寻味。

〔元〕张渥《雪夜访戴图》（局部）

第十篇　风一更，雪一更

长相思·山一程

〔清〕纳兰性德

山一程，水一程，
身向榆关那畔行，
夜深千帐灯。

风一更，雪一更，
聒碎乡心梦不成，
故园无此声。

清康熙二十一年二月十五日，康熙出关东巡，祭告奉天祖陵。纳兰性德随从出行。塞上风雪凄迷，苦寒的天气引发了词人对京师中家的思念，写下了这首词。

上片"山一程，水一程"，写出旅程的艰难曲折，遥远漫长。这两句运用反复的修辞方法，突出了路途的长远。"身向榆关那畔行"，点明了行旅的方向。词人在这里强调"身"向榆关，暗示出"心"向京师，"那畔"一词颇含疏远的感情色彩，表现了词人这次出行"榆关"是无可奈何的。

"夜深千帐灯"既是上片感情酝酿的高潮，也是上、下片之间的自然转换，起到承前启后的作用。经过日间长途跋涉，夜晚人们在旷野上搭起帐篷准备就寝,然而夜深了,"千帐"内却灯光熠熠,为什么羁旅劳顿之后深夜不寐呢?

下片开头"风一更,雪一更"描写荒寒的塞外,暴风雪彻夜不停。紧承上片,交代了"夜深千帐灯"的原因。"山一程,水一程"与"风一更,雪一更"的两相映照,暗示出词人对风雨兼程人生路的深深厌倦。"聒碎乡心梦不成"与上片"夜深千帐灯"相呼应,直接回答了深夜不寐的原因。末句的"聒"字用得很灵动,写出了风狂雪骤的气势,表现了词人对狂风暴雪极为厌恶的情感。

从"夜深千帐灯"的壮美意境到"故园无此声"的委婉心地,词人将在风雪之夜对家中的思念用自然真切的白描语句抒发出来,格外真实动人。王国维曾评价纳兰性德"以自然之眼观物,以自然之舌言情,初入中原未染汉人风气,北宋以来,一人而已"。

〔宋〕许道宁《关山密雪图》(局部)

第十一篇　青海长云暗雪山

从军行七首·其四
〔唐〕王昌龄

青海长云暗雪山，
孤城遥望玉门关。
黄沙百战穿金甲，
不破楼兰终不还。

王昌龄的《从军行》组诗作品，既描绘了重峦叠嶂、烽火遍布的边塞景观，又展现了作者豪气生发的英雄气概。

整个组诗气势雄浑，格调高昂。组诗共有七首，我今天就为朋友们介绍第四首《青海长云暗雪山》。

第一、第二两句是对整个西北边陲的鸟瞰和概括，不仅描绘了当时西北戍边将士生活、战斗的典型环境，而且点出了"孤城"西拒吐蕃，北防突厥的极其重要的地理形势，在写景的同时流露出丰富复杂的感情：戍边将士对边防形势的关注，对自己所担负的任务的自豪感、责任感以及戍边生活的孤寂、艰苦之感，都融合在悲壮、开阔的景色里。

〔元〕黄公望《九峰雪霁图》（局部）

第三、第四两句由情景交融的环境描写转为直接抒情，上一句把战斗之艰苦、战事之频繁写得越突出，下一句便越发显得铿锵有力，掷地有声。一二两句，境界阔大，感情悲壮，含蕴丰富；三四两句之间显然有转折，形成鲜明对照。"黄沙"句尽管写出了战争的艰苦，但给人的实际感受是雄壮有力的，而不是低沉伤感的。因此末句并非嗟叹归家无日，而是在深深地意识到战争艰苦的基础上所发出的更坚定、更深沉的誓言。典型环境与人物感情高度统一，是王昌龄绝句的一个突出优点，这在此篇中也有明显的体现。

第十二篇　明月照积雪

岁暮
〔东晋〕谢灵运

殷忧不能寐，
苦此夜难颓。
明月照积雪，
朔风劲且哀。
运往无淹物，
年逝觉已催。

《岁暮》是一首感怀诗，在这"一年将尽夜"，诗人怀着深重的忧虑，辗转不寐，深感漫漫长夜，似无尽头。

诗的开头两句，以夜不能寐托出忧思之深，用一"苦"字传出不堪经受长夜难眠的折磨之状，但对"殷忧"的内涵，却含而不宣。第三、第四两句是殷忧不寐的诗人岁暮之夜所见所闻。积雪的白本就给人以寒凛之感，再加以明月的照映，更透出一种清冷寒冽的青白色光彩，给人以高旷森寒的感受。两句分别从视觉、听觉上写出岁暮之夜的萧瑟、寒凛、凄清。明月映照积雪的清旷寒冽之情境，似乎正隐隐透出诗人所处环境之森寒孤寂，而朔风劲厉哀号的景象，则又体现出诗人心绪的悲凉与不宁。

第五、第六句写到随着时间的推移,四季的更迭,一切景物都不能长留,人的青春也迅速消逝,抒发诗人岁月不居、年命易逝之慨。这种迟暮之感与诗人的壮志不能实现的苦闷联系在一起,并由"明月"二句所描绘的境界作为烘托,并不流于低沉的哀吟,而是显得劲健旷朗、沉郁凝重。全诗叙事写景抒情交融汇合,浑然一体,抒发了诗人对时光流逝无可追回的惋惜和对事业无成的惆怅。

〔明〕戴进《雪景山水图》(局部)

第十三篇　雪晴云淡日光寒

山中雪后

〔清〕郑板桥

晨起开门雪满山，
雪晴云淡日光寒。
檐流未滴梅花冻，
一种清孤不等闲。

郑板桥，清代官吏、书画家、文学家。名燮，字克柔，汉族，江苏兴化人。一生主要客居扬州，以卖画为生。"扬州八怪"之一。其诗、书、画均旷世独立，世称"三绝"，擅画兰、竹、石、松、菊等植物，其中画竹已五十余年，成就最为突出。著有《板桥全集》。

《山中雪后》描绘了这样一幅场景：雪整整下了一夜，天亮后整个山谷变成了银装素裹的世界，让人觉得恍然置身于梦境。山谷中央的小瀑布早已结成了条条的冰凌，晶莹剔透，树枝上积着厚厚的雪，风吹来，雪花便纷纷扬扬地飘洒开来。

作者借此诗作托物言志，用"檐流未滴""梅花冻"来突出天气之寒冷,暗喻自己内心深处的凄凉,看似写景状物,实则见景生情,将景和物交融一起,对历经苦难的身世发出深深的感叹。此诗含蓄地表现了作者清高坚韧的性格和洁身自好的品质。

〔宋〕夏圭《雪堂客话图》(局部)

第十四篇　夜深知雪重

夜雪

〔唐〕白居易

已讶衾枕冷，
复见窗户明。
夜深知雪重，
时闻折竹声。

　　白居易的《夜雪》作于唐宪宗元和十一年（816年）冬，诗人当时45岁，官职是江州司马。当时白居易因上书论宰相遇刺一事被贬江州，在寒冷寂静的深夜中看见窗外积雪有感而发，孤寂之情愈发浓烈，写下了这首《夜雪》。

　　前两句"已讶衾枕冷，复见窗户明"先从人的感觉写起，通过"冷"不仅点出有雪，而且暗示雪大，"衾枕冷"正说明夜来人已拥衾而卧，从而点出是"夜雪"。"复见窗户明"，从视觉的角度进一步写夜雪，正说明雪下得大、积得深，是积雪的强烈反光给暗夜带来了亮光。以上全用侧面描写，句句写人，却处处点出夜雪。

〔明〕沈周《灞桥风雪图》（局部）

后两句"夜深知雪重，时闻折竹声"仍用侧面描写，却变换角度从听觉写出。传来的积雪压折竹枝的声音，可知雪势有增无减。"折竹声"于"夜深"而"时闻"，显示了冬夜的寂静，更主要的是写出了诗人的彻夜无眠，这不只是因"衾枕冷"而已，同时也透露出诗人谪居江州时的失落孤寂。

诗人采用侧面烘托，依次从触觉（冷）、视觉（明）、感觉（知）、听觉（闻）四个层次叙写，一波数折，从而生动传神地写出一场夜雪来。这首诗朴实自然，诗境平易，充分体现了诗人通俗易懂、明白晓畅的语言特色。

第十五篇　众里寻他千百度

青玉案·元夕
〔南宋〕辛弃疾

东风夜放花千树，更吹落，星如雨。宝马雕车香满路，凤箫声动，玉壶光转，一夜鱼龙舞。

蛾儿雪柳黄金缕，笑语盈盈暗香去。众里寻他千百度，蓦然回首，那人却在，灯火阑珊处。

作为一首婉约词，与北宋婉约派作家晏殊和柳永的词相比，这首《青玉案·元夕》在艺术成就上毫不逊色。词作从元宵节绚丽多彩的热闹场面入手，反衬出一个孤高淡泊、超群脱俗、不同于庸脂俗粉的人物形象，词从开头"东风夜放花千树"起，就极力渲染元宵佳节的热闹景象：满城灯火，满街游人，火树银花。然而作者的意图不在写景，而是为了反衬"灯火阑珊处"的那个人的与众不同。这首词上阕写元夕之夜灯火辉煌，游人如云的热闹场面，下阕写不慕荣华、甘守寂寞的美人形象。这个美人形象便是作者理想人格的化身。

王国维在《人间词话》中说："成就一切事，罔不历三种境界:'昨夜西风凋碧树。独上高楼,望尽天涯路',此第一境也。'衣带渐宽终不悔,为伊消得人憔悴',此第二境也;'众里寻他千百度,蓦然回首,那人却在,灯火阑珊处',此第三境也。"

作为三大境界之一,辛弃疾很好地表现出了自己的独特之处,让人叹为观止。

〔元〕盛懋《秋林高士图》(局部)

第十六篇　窗含西岭千秋雪

七绝　〔唐〕杜甫

两个黄鹂鸣翠柳，
一行白鹭上青天。
窗含西岭千秋雪，
门泊东吴万里船。

　　这首诗前两句"黄鹂""翠柳"显出活泼的气氛，"白鹭""青天"给人以平静、安适的感觉。"鸣"字表现了鸟儿的怡然自得，"上"字表现出白鹭的悠然飘逸。黄、翠、白、青，色泽交错，展示了春天的明媚景色，也传达出诗人欢快自在的心情。诗句有声有色，意境优美，对仗工整，表现出诗人心情的舒畅和喜悦，这两句是全诗的点睛之笔，境界开阔，情志高远。在空间和时间两个方面拓宽了广度，使得全诗的立意卓尔不群，既有杜诗一贯的深沉厚重，又舒畅开阔，实为千古名句。

　　可能会有不少朋友要问，在现在这样浮躁忙碌的生活中，诗对我们真的有那么重要吗？是的，可能相比于我们日常工作的繁琐、生活的压力、环境的污染、股市的煎熬，享受诗歌好像成了一种奢侈。中国几千年的诗歌史告诉我们，诗对于中国人来说，绝不是什么奢侈品，而是我们生活中的必需品。林语堂先生曾说过："平心而论，诗歌对我们生活中的渗透要比西方深得多……如果说宗教对人类的心灵起着一种净化作用，使人对宇宙、对人生产生出一种神秘感和美感，对自己的同类或者其他的生物表示体贴的怜悯，那么依我所见，诗歌在中国已经代替了宗教的作用。"

汉代人曾经这样给诗下结论："诗者，天地之心"。的确，我们现代人对中国优秀古典诗歌的认知、感受和品味，绝不仅仅是生活的点缀，诗歌就是中国人的宗教。春花、夏蝉、秋叶、冬雪，仅仅是一种风景吗？抑或仅仅是一种意象吗？不，绝不是，她是我们的天地，她是我们的心。诗歌显现着中国人的内心，传承着中国人的血脉，展示着中国人的情调，传达着中国人的修养，体现着中国人的气质，她是我们中国人的名片与符号。冬天快要过去了，春天就在不远处。就让我们在诗圣杜甫的七言绝句"窗含西岭千秋雪，门泊东吴万里船"中结束《浩瑜为您读诗词》之春、夏、秋、冬吧。

〔元〕姚廷美《雪江渔艇图》（局部）

图书在版编目(CIP)数据

诵读最美古诗词:浩瑜为您读诗词 / 王浩瑜编著.—北京：中国传媒大学出版社,2018.3
("我们爱朗读"系列丛书)
ISBN 978-7-5657-2214-1

Ⅰ.①诵… Ⅱ.①王… Ⅲ.①古典诗歌—诗集—中国 Ⅳ.①I222

中国版本图书馆 CIP 数据核字（2018）第 022314 号

诵读最美古诗词:浩瑜为您读诗词
SONGDU ZUIMEI GUSHICI:HAOYU WEININ DU SHICI

编 著	王浩瑜
朗 诵	王浩瑜
策划编辑	赵 欣
责任编辑	赵 欣 张 笛
特约编辑	高卓毓
责任印制	曹 辉
封面设计	创意源文化艺术
出版发行	中国传媒大学出版社
社 址	北京市朝阳区定福庄东街1号　邮编:100024
电 话	86-10-65450528　65450532　传真:65779405
网 址	http://www.cucp.com.cn
经 销	全国新华书店
印 刷	北京玺诚印务有限公司
开 本	880mm×1230mm　1/32
印 张	6
字 数	139 千字
版 次	2018年3月第1版　2018年3月第1次印刷
书 号	ISBN 978-7-5657-2214-1/I·2214　定 价　38.00元

版权所有　翻印必究　印装错误　负责调换